长河

沈从文作品集

中国乡土文学的典范

沈从文小说代表作

沈从文
Shen Congwen
/著

民主与建设出版社

图书在版编目（CIP）数据

长河 / 沈从文著 . —北京：民主与建设出版社，
2017. 5

ISBN 978-7-5139-1393-5

Ⅰ . ①长… Ⅱ . ①沈… Ⅲ . ①长篇小说—中国—现代
Ⅳ . ① I246.5

中国版本图书馆 CIP 数据核字（2017）第 029182 号

长　河

CHANG HE

出 版 人	许久文
总 策 划	立 人
责任编辑	刘树民
封面设计	张 珺
出版发行	民主与建设出版社有限责任公司
电 话	（010）59417747　59419778
社 址	北京市朝阳区阜通东大街融科望京中心 B 座 601 室
邮 编	100102
印 刷	大厂回族自治县正兴印务有限公司
版 次	2017 年 5 月第 1 版　2017 年 5 月第 1 次印刷
开 本	950mm×1300mm　1/16
印 张	13 印张
字 数	116 千字
书 号	ISBN 978-7-5139-1393-5
定 价	29.80 元

注：如有印、装质量问题，请与出版社联系。

目　录

题 记[①]

　　民国二十三年的冬天，我因事从北平回湘西，由沅水坐船上行，转到家乡凤凰县。去乡已经十八年，一入辰河流域，什么都不同了。表面上看来，事事物物自然都有了极大进步，试仔细注意注意，便见出在变化中那点堕落趋势。最明显的事，即农村社会所保有那点正直素朴人情美，几乎快要消失无余，代替而来的却是近二十年实际社会培养成功的一种唯实唯利庸俗人生观。敬鬼神畏天命的迷信固然已经被常识所摧毁，然而做人时的义利取舍是非辨别也随同泯没了。"现代"二字已到了湘西，可是具体的东西，不过是点缀都市文明的奢侈品大量输入，上等纸烟和各样罐头，在各阶层间作广泛的消费。抽象的东西，竟只有流行政治中的公文八股和交际世故。大家都仿佛用个谦虚而诚恳的态度来接受一切，来学习一切，能学习能接受的终不外如彼或如此。地方上年事较长的，体力日渐衰竭，情感已近于凝固，自有不可

---

① 本篇收入1945年文聚版《长河》单行本前，曾发表于1943年4月21日重庆《大公报·战线》。署名沈从文。

免的保守性，唯其如此，多少尚保留一些治事作人的优美崇高风度。所谓时髦青年，便只能给人痛苦印象，他若是个公子哥儿，衣襟上必插两支自来水笔，手腕上带个白金手表，稍有太阳，便赶忙戴上大黑眼镜，表示爱重目光，衣冠必十分入时，材料且异常讲究。特别长处是会吹口琴，唱京戏，闭目吸大炮台或三五字香烟，能在呼吸间辨别出牌号优劣，玩扑克时会十多种花样。大白天有时还拿个大电筒或极小手电筒，因为牌号新光亮足即可满足主有者莫大虚荣，并俨然可将社会地位提高。他若是个普通学生，有点思想必以能读什么前进书店出的政治经济小册子，知道些文坛消息名人轶事或体育明星为已足。这些人都共同对现状表示不满，可是国家社会问题何在，进步的实现必需如何努力，照例全不明白。（即以地方而论，前一代固有的优点，尤其是长辈中妇女，祖母或老姑母行勤俭治生忠厚待人处，以及在素朴自然景物下衬托简单信仰蕴蓄了多少抒情诗气分，这些东西又如何被外来洋布煤油逐渐破坏，年青人几乎全不认识，也毫无希望可以从学习中去认识。）一面不满现状，一面用求学名分，向大都市里跑去，在上海或南京，武汉或长沙，从从容容住下来，挥霍家中前一辈的积蓄，享受现实，并用"时代轮子""帝国主义"一类空洞字句，写点现实论文和诗歌，情书或家信。末了是毕业，结婚，回家，回到原有那个现实里，等待完事。就中少数真有志气，有理想，无从使用家中财产，或不屑使用家中财产，想要好好的努力奋斗一番的，也只是就学校读书时所得到的简单文化概念，以为世界上除了"政治"，再无别的事物。所谓政治又只是许多人混在一处，相信这个，主张那个，打倒这个，拥护那个，人多即可上台，上台即算成功。终生事业目标，不是打量入政治学校，就是糊糊涂涂往某处一跑，对历史社会的发展，既缺少较深刻的认识，对个人生命的意义，也缺少较深刻理解。个人出路和国家幻想都完全寄托在一种依附性的打算中，结果到社会里一滚，自然就消失了。十年来这些人本身虽若依旧好好存在，而且有好些或许都做了小官，发了小财，日子过得很好，但是那点年青人的壮志和雄心，从事业中有以自见，从学术上有以自立的气概，可完全消失净尽了。当时我认为唯一有希望的，是几个年青军官。然而在他们那个环境中，竟像是什么事都无从作。地方明日的困难，必需应付，大家看得明明白白，可毫无方法预先在人事上有所准备。因此我写了个小说，取名《边城》，写了个游记，取名《湘行散记》，两个作品中都有军人露面，在《边城·题记》上，且曾提起一个问题，即拟将"过去"和"当前"对照，所谓民族品德的消失与重造，可能从什么方面着手。《边城》中人物的正直和热情，虽然已经成为过去了，应当还保留些本质在年青人的血里或梦里，相宜环境中即可重新燃起年青人的自尊心和自信心。我还将继续《边城》，在另外一个作品中，把最近二十年来当地农民性格灵魂被时代大力压扁扭曲失去了原有的素朴所表现的式样，加以解剖与描绘。其实这个工作，在《湘行散记》上就试验过了。因为还有另外一种忌讳，虽属小说游记，对当前事情亦不能畅所欲言，只好寄无限希望于未来。

中日战事发生后，二十六年的冬天，我又有机会回到湘西，并且在沅水中部一个县城里住了约四个月。住处恰当水陆冲要，耳目见闻复多，湘西在战争发展中的种种变迁，以及地方问题如何由混乱中除旧布新，渐上轨道，我都有机会知道得清清楚楚。和我同住的，还有一个在嘉善国防线上受伤回来的小兄弟。从他的部下若干小军官接触中，我得以明白战前一年他们在这个地方的情形，以及战争起后他们人生观的改变。过不久，这些年青军官，随同我那小兄弟，用"荣誉军团"名分重新开往江西前线保卫南昌去了。一个阴云沉沉的下午，当我眼看到几只帆船顺流而下，我那兄弟和一群小军官站在船头默默的向我挥手时，我独自在河滩上，不知不觉眼睛已被热泪浸湿。因为四年前一点杞忧，无不陆续成为事实，四年前一点梦想，又差不多全在这一群军官行为上得到证明。一面是受过去所束缚的事实，在令人痛苦，一面却是某种向上理想，好好移植到年青生命中，似乎还能发芽生根，然而刚到能发芽生根时又不免被急风猛雨摧折。

那时节湘省政府正拟试派几千年青学生下乡，推行民训工作，技术上相当麻烦。武汉局势转紧，公私机关和各省难民向湘西疏散的日益增多。一般人士对于湘西实缺少认识，常笼统概括名为"匪区"。地方保甲制度本不大健全，兵役进行又因"贷役制"纠纷相当多。所以我又写了两本小书，一本取名《湘西》，一本取名《长河》。当时敌人正企图向武汉进犯，战事有转入洞庭湖泽地带可能。地方种种与战事既不可分，我可写的虽很多，能写出的当然并不多。就沅水流域人事琐琐小处，将作证明，希望它能给外来者一种比较近实的印象，更希望的还是可以燃起行将下乡的学生一种比较近实的印象，更希望的还是可以燃起行将下乡的学生一点克服困难的勇气和信心！另外却又用辰河流域一个小小水码头作背景，就我所熟习的人事作题材，来写写这个地方一些平凡人物生活上的"常"与"变"，以及在两相乘除中所有的哀乐。问题在分析现实，所以忠忠实实和问题接触时，心中不免痛苦，唯恐作品和读者对面，给读者也只是一个痛苦印象，还特意加上一点牧歌的谐趣，取得人事上的调和。作品起始写到的，即是习惯下的种种存在，事事都受习惯控制，所以货币和物产，这一片小小地方活动流转时所形成的各种生活式样与生活理想，都若在一个无可避免的情形中发展。人事上的对立，人事上的相左，更仿佛无不各有它宿命的结局。作品设计注重在将常与

变错综，写出"过去""当前"与那个发展中的"未来"，因此
前一部分所能见到的，除了自然景物的明朗，和生长于这个环境
中几个小儿女性情上的天真纯粹还可见出一点希望，其余笔下所
涉及的人和事，自然便不免黯淡无光。尤其是叙述到地方特权者
时，一支笔即再残忍也不能写下去，有意作成的乡村幽默，终无
从中和那点沉痛感慨。然而就我所想到的看来，一个有良心的读
者，是会承认这个作品不失其为庄严与认真的。虽然这只是湘西
一隅的事情，说不定它正和西南好些地方差不多。虽然这些现象
的存在，战争一来都给淹没了，可是和这些类似的问题，也许会
在别一地方发生。或者战争已完全净化了中国，然而把这点近于
历史陈迹的社会风景，用文字好好的保留下来，与"当前"崭新
的局面对照，似乎也很可以帮助我们对社会多有一点新的认识，
即在战争中一个地方的进步的过程，必然包含若干人情的冲突与
人和人关系的重造。

　　我们大多数人，战前虽活在那么一个过程中，然而从目下检
审制度的原则来衡量它时，作品的忠实，便不免多触忌讳，转容
易成为无益之业了。因此作品最先在香港发表，即被删节了一部
分，致前后始终不一致。去年重写分章发表时，又有部分篇章不
能刊载。到预备在桂林印行送审时，且被检查处认为思想不妥，
全部扣留，幸得朋友为辗转交涉，径送重庆复审，重加删节，方

能发还付印。国家既在战争中，出版物各个管理制度，个人实完全表示同意。因为这个制度若运用得法，不特能消极的限止不良作品出版，还可望进一步鼓励优秀作品产生，制度有益于国家，情形显明。惟一面是个人为此谨慎认真的来处理一个问题，所遇到的恰好也就是那么一种谨慎认真的检审制度。另外在社会上又似乎只要作者不过于谨慎认真，便也可以随处随时得到种种不认真的便利。（最近本人把所有作品重新整理付印时，每个集子必有几篇"免登"，另外却又有人得到特许，用造谣言方式作小文章侮辱本人，如像某某小刊物上的玩意儿，不算犯罪。）两相对照，虽对现状不免有点迷惑，但又多少看出一点消息，即当前社会有些还是过去的继续。国家在进步过程中，我们还得容忍随同习惯而存在的许多事实，读书人所盼望的合理与公正，恐还得各方面各部门"专家"真正抬头时，方有希望。记得八年前《边城》付印时，在那本小书题记上，我曾说过：所希望的读者，应当是身在学校以外，或文坛消息，文学论战，以及各种批评所达不到地方，在各种事业里低头努力，很寂寞的从事于民族复兴大业的人。作品所能给他们的，也许是一点有会于心的快乐，也许只是痛苦，……现在这本小书，我能说些什么？我很明白，我的读者在八年来人生经验上，对于国家所遭遇的挫折，以及这个民族忧患所自来的根本原因，还有那个多数在共同目的下所有的挣扎向上方式，从中所获得的教训，……都一定比我知道的还要多还要深。个人所能作的，十年前是一个平常故事，过了将近十年，还依然只是一个平常故事。过去写的也许还能给他们一点启示或认识，目下可什么全说不上了。想起我的读者在沉默中所忍受的困难，以及为战胜困难所表现的坚韧和勇敢，我觉得我应当沉默，一切话都是多余了。在我能给他们什么以前，他们已先给了我许多许多了。横在我们面前许多事都使人痛苦，可是却不用悲观。骤然而来的风雨，说不定会把许多人的高尚理想，卷扫摧残，弄得无踪无迹。然而一个人对于人类前途的热忱，和工作的虔敬态度，是应当永远存在，且必然能给后来者以极大鼓励的！在我所熟习的读者一部分人表现上，我已看到了人类最高品德的另一面。事如可能，最近便将继续在一个平常故事中来写出我对于这类人的颂歌。

人与地①

　　记称"洞庭多橘柚"，橘柚生产地方，实在洞庭湖西南，沅水流域上游各支流，尤以辰河中部最多最好。树不甚高，终年绿叶浓翠。仲夏开花，花白而小，香馥醉人。九月降霜后，缀系在枝头间果实，被严霜侵染，丹朱明黄，耀人眼目，远望但见一片光明。每当采摘橘子时，沿河小小船埠边，随处可见这种生产品的堆积，恰如一堆堆火焰。在橘园旁边临河官路上，陌生人过路，看到这种情形，将不免眼馋口馋，或随口问讯：

　　"哎，你们那橘子卖不卖？"

　　坐在橘子堆上或树桠间的主人，必快快乐乐的回答，话说得肯定而明白："我这橘子不卖。"

　　"真不卖？我出钱！"

　　"大总统来出钱也不卖。"

　　"嘿，宝贝，希罕你的……"

---

① 本篇收入1945年文聚版《长河》单行本前，曾在1938年8月7日至8月10日香港《星岛日报·星座》副刊上发表，连载序号1~4。署名沈从文。此篇名为收入单行本时所拟。

"就是不希罕才不卖！"

古人说"入境问俗"，若知道"不卖"和"不许吃"是两回事，那你听说不卖以后，尽管就手摘来吃好了，橘子园主人不会干涉的。

陌生人若系初到这个地方，见交涉办不好，不免失望走去。主人从口音上和背影上看出那是个外乡人，知道那么说可不成，必带点好事神气，很快乐的叫住外乡人，似乎两人话还未说完，要他回来说清楚了再走。

"乡亲，我这橘子卖可不卖，你要吃，尽管吃好了。这水泡泡的东西，你一个人能吃多少？十个八个算什么。你歇歇憩再赶路，天气老早咧。"

到把橘子吃饱时，自然同时也明白了"只许吃不肯卖"的另外一个理由。原来本地是出产橘子地方，沿河百里到处是橘园，橘子太多了，不值钱，不好卖。且照风俗说来，桃李橘柚越吃越发，所以就地更不应当接钱。大城市里的中产阶级，受了点新教育，都知道橘子对小孩子发育极有补益，因此橘子成为必需品和奢侈品。四两重一枚的橘子，必花一二毛钱方可得到。而且所吃的居多还是远远的从太平洋彼岸美国运来的。中国教科书或别的什么研究报告书，照例就不大提起过中国南几省，有多少地方，出产橘子，品质颜色都很好，远胜过外国橘子园标准出品。专家和商人既都不大把它放在眼里，因此当地橘子的价值，便仅仅比萝卜南瓜稍贵一些。出产地一毛钱可买四五斤，用小船装运到三百里外城市后，一毛钱还可买二三斤。吃橘子或吃萝卜，意义差不多相同，即解渴而已。

俗话说"货到地头死"，所以出橘子地方反买不出橘子，实在说原来是卖不出橘子。有时出产太多，沿河发生了战事，装运不便，又不会用它酿酒，较小不中吃，连小码头都运不去，摘下树后成堆的听它烂掉，也极平常。临到这种情形时，乡下人就聊以解嘲似的说："土里长的听它土里烂掉，今年不成明年会更好！"看小孩子把橘子当石头抛，不加理会，日子也就那么过去了。

两千年前楚国逐臣屈原，乘了小小白木船，沿沅水上溯，一定就见过这种橘子树林，方写出那篇《橘颂》。两千年来这地方的人民生活情形，虽多少改变了些，人和树，都还依然寄生在沿河两岸土地上，靠土地喂养，在日光雨雪四季交替中，衰老的死去，复入于土，新生的长成，俨然自土中苗起。有些人厌倦了地面上的生存，就从山中砍下几株大树，把它锯解成许多板木，购买三五十斤老鸦嘴长铁钉，找上百十斤麻头，捶它几百斤桐油石灰，用祖先所传授的老方法，照当地村中固有款式，在河滩边建造一只头尾高张坚固结实的帆船。船只造成油好后，添上几领席篷，一支桅，四把桨，以及船上一切必需家家伙伙，邀个帮手，便顺流而下，向下游城市划去。这个人从此以后就成为"水上人"，吃鱼，吃虾——吃水上饭。事实且同鱼虾一样，无拘无管各处飘泊。他的船若沿辰河洞河向上走，可到苗人集中的凤凰县和贵州铜仁府，朱砂水银鸦片烟，如何从石里土里弄出来，长起来，能够看个清清楚楚。沿沅水向下走，六百里就到了历史上知名的桃源县，古渔人往桃源洞去的河面溪口，可以随意停泊。再走五百里，船出洞庭湖，还可欣赏十万只野鸭子遮天蔽日飞去的光景。日头月亮看得多，放宽了眼界和心胸，常常也把个妇人拉下水，到船上来烧火煮饭养孩子。过两年，气运好，船不泼汤，捞了二三百洋钱，便换只大船……因此当地有一半人在地面上生根，有一半人在水面各处流转。人在地面上生根的，将肉体生命寄托在田园生产上，精神寄托在各式各样神明禁忌上，幻想寄托在水面上，忍劳耐苦把日子过下去。遵照历书季节，照料橘园和瓜田菜圃，用雄鸡、鲤鱼、刀头肉，对各种神明求索愿心，并禳解邪祟。到运气倒转，生活倒转时，或吃了点冤枉官司，或做件不大不小错事，或害了半年隔日疟，不幸来临弄得妻室儿女散离，无可奈何，于是就想："还是弄船去吧，再不到这个鬼地方！"许多许多人就好像拔萝卜一样，这么把自己连根拔起，远远的抛去，五年七年不回来，或终生不再回来。在外飘流运气终是不济事，穷病不能支持时，就躺到一只破旧的空船中去喘气，身边虽一无所有，家乡橘子树林却明明爽爽留在记忆里，绿叶丹实，烂漫照眼。于是用手舀一口长流水咽下，润润干枯的喉咙。水既由家乡流来，虽相去八百一千里路，必俨然还可以听到它在河岸边激动水车的呜咽声，于是叹一口气死了，完了，从此以后这个人便与热闹苦难世界离开，消灭了。

吃水上饭发了迹的，多重新回到原有土地上来找落脚处。捐一笔钱修本宗祠堂，再花二千三千洋钱，凭中购买一片土地，烧几窑大砖，请阴阳先生看个子午向，选吉日良辰破土，在新买园地里砌座"封火统子"高墙大房子，再买三二条大颈项膘壮黄牯牛，雇四五个长工，耕田治地。养一群鸡，一群鸭，畜两只猛勇善吠看家狗，增加财富并看守财富。自己于是常常穿上玄青羽绫大袖马褂，担羊抬酒去拜会族长，亲家，酬酢庆吊，在当地做小乡绅。把从水上学得的应酬礼数，用来本乡建树身份和名誉。凡地方公益事，如打清醮，办土地会，五月竞舟和过年玩狮子龙灯，照例有人神和悦意义，他就很慷慨来做头行人，出头露面摊份子，自己写的捐还必然比别人多些。军队过境时，办招待，公平而有条理，不慌张误事。人跳脱机会又好，一年两年后，说不定就补上了保长甲长缺，成为当地要人。从此以后，即稳稳当当住下来，等待机会命运，或者家发人发，事业顺手，儿女得力，

开个大油坊，银钱如水般流出流进，成为本村财主员外。或福去
祸来，偌大一栋房子三五年内，起把天火烧掉了，牛发了瘟，田
地被水打砂滞，橘子树在大寒中一起冻坏。更不幸是遭遇官司连
累，进城入狱，拖来拖去，在县衙门陋规调排中，终于弄得个不
能下台。想来想去，还是三十六计走为上计，只好第二回下水。
但年龄既已过去，精力也快衰竭了，再想和年富力强的汉子竞
争，从水面上重打天下，已不可能了。回到水上就只为的是逃避
过去生活失败的记忆。正如庄稼人把那种空了心的老萝卜，和落
子后的苋菜根株，由土中拔出，抛到水上去，听流水冲走一样情
形。其中自然也有些会打算安排，子弟又够分派，地面上经营橘
子园，水面上有船只，从两方面讨生活，兴家立业，彼此兼顾，
而且做得很好的。也有在水上挣了钱，却羡慕油商，因此来开小
庄号，做桐油生意，本身也如一滴油，既不沾水也不近土的。也
有由于事业成功，在地方上办团防，带三五十条杂色枪支，参加
过几回小小内战，于是成为军官，到后又在大小兼并情形中或被
消灭，或被胁裹出去，军队一散，捞一把钱回家来纳福，在乡里
中称支队长，司令官，于同族包庇点小案件，调排调排人事，成
为当地土豪的。也有自己始终不离土地，不离水面，家业不曾发
迹，却多了几口人，受社会潮流影响，看中了读书人，相信"万
般皆下品，惟有读书高"两句旧诗，居然把儿子送到族中义学去

受教育的。孩子还肯向上，心窍子被书读开了，机缘又好，到后考入省立师范学堂，做父亲的就 面更加克勤克俭过日子，一面却在儿子身上做着无边无涯的荒唐好梦。再过三年儿子毕了业，即杀猪祭祖，在祠堂中上块匾，族中送报帖称"洋进士"，做父亲的便俨然已成封翁员外。待到暑假中，儿子穿了白色制服，带了一网篮书报，回到乡下来时，一家大小必对之充满敬畏之忱。母亲每天必为儿子煮两个荷包蛋当早点，培补元气，父亲在儿子面前，话也不敢乱说。儿子自以为已受新教育，对家中一切自然都不大看得上眼，认为腐败琐碎，在老人面前常常作"得了够了"摇头神气。虽随便说点城里事情，即可满足老年人的好奇心，也总像有点烦厌。到后在本校或县里做了小学教员，升了校长，或又做了教育局的科员，县党部委员，收入虽不比一个舵手高多少，可是有了"斯文"身份，而兼点"官"气，遇什么案件向县里请愿，禀帖上见过了名字，或委员下乡时，还当过代表办招待，事很显然，这一来，他已成为当地名人了。于是老太爷当真成了封翁，在乡下受人另眼看待。若驾船，必事事与人不同。世界在变，这船夫一家也跟着变。儿子成了名，少年得志，思想又新，当然就要"革命"。接受"五四"以来社会解放改造影响，革命不出下面两个公式：老的若有主张，想为儿子看一房媳妇，实事求是，要找一个有碾房橘子园作妆奁的人家攀亲，儿子

却照例不同意，多半要县立女学校从省中请来的女教员，因为
剪去了头发，衣襟上还插一支自来水笔，有"思想"，又"摩
登"，懂"爱情"，才能发生爱情，郎才女貌方配得上。意见如
此不同，就成为家庭革命。或婚事不成问题，老的正因为崇拜儿
子，谄媚儿子，一切由儿子作主，又或儿子虽读"创造""解
放"等等杂志，可是也并不怎么讨厌碾坊和橘子园作陪嫁妆奁。
儿子抱负另有所在，回乡来要改造社会，于是作代表，办学会，
控告地方公族教育专款保管委员，建议采用祠庙产业，且在县里
石印报纸上，发火气极大似通非通的议论，报纸印出后，自己还
买许多份各处送人。到后这些年青人所梦想的热闹"大时代"，
终于来到了，来时压力过猛，难于适应，末了不出两途，或逃亡
外省去，不再回乡。来不及逃亡，在开会中就被当地军警与恶劣
乡绅称为"反动分子"，命运不免同中国这个时代许多身在内地
血气壮旺的青年一样。新旧冲突，就有社会革命。一涉革命，纠
纷随来，到处都不免流泪流血。最重大的意义，即促进人事上的
新陈代谢，使老的衰老，离开他亲手培植的橘子园，使用惯熟的
船只家具，更同时离开了他那可爱的儿子（大部分且是追随了那
儿子），重归于土。

　　至于妇人呢，喂猪养鸭，挑水种菜，绩麻纺纱，推磨碾米，
无事不能，亦无事不作。日晒雨淋，同各种劳役，使每个人都强

健而耐劳。身体既发育得很好，橘子又吃得多，眼目光明，血气充足，因之兼善生男育女。乡村中无呼奴使婢习惯，家中要个帮手时，家长即为未成年的儿子讨个童养媳，于是每家都有童养媳。换言之，也就是交换儿女来教育，来学习参加生活工作。这些小女子年纪十二三岁，穿了件印花洋布裤子过门，用一只雄鸡陪伴拜过天地祖先后，就取得了童养媳身份，或为"家"候补人员之一。年纪小虽小，凡是这家中一切事情，体力所及都得参加，下河洗衣，入厨房烧火煮饭，更是两件日常工作。无事可作时，就为婆婆替手，把两三岁大小叔叔负之抱之到前村头去玩耍，自己也抽空看看热闹。或每天上山放牛，必趁便挑一担松毛，摘一篮蕈子，回家当晚饭菜。年纪到十五六岁时，就和丈夫圆了亲，正式成为家中之一员。除原有工作外，多了一样承宗接祖生男育女的义务。这人或是独生女，或家中要帮手舍不得送出门，就留在家中养黄花女。年纪到了十四五，照例也懂了事，渐渐爱好起来，知道跟姑母娘舅乡邻同伴学刺花扣花。围裙上用五色丝线绣鸳鸯戏荷或喜鹊噪梅，鞋头上挑个小小双凤。加之在村子里可听到老年人说《二度梅》《天雨花》等等才子佳人弹词故事，七仙姐下凡尘等等神话传说。下河洗菜淘米时，撑船的小伙子眼睛尖利，看见竹园边河坎下女孩子的大辫子像条乌梢蛇，两粒眼珠子黑亮亮的，看动了心，必随口唱几句歌调情。上山砍柴打猪草，更容易受年青野孩子歌声引诱。本地二八月照例要唱土地戏谢神还愿，戏文中又多的是烈士佳人故事。这就是这些女孩子的情感教育。大凡有了主子的，记着戏文中常提到的"忠臣不事二主，烈女不嫁二夫"，幻想虽多，将依然本本分分过日子下去。晚嫁失时的，嫁后守寡无拘管的，或性格好繁华易为歌声动感情的，自然就有许多机会作出本地人当话柄的事情。或到山上空碉堡中去会情人，或跟随飘乡戏子私逃，又或嫁给退伍军人。这些军人照例是见过了些世界，学得了些风流子弟派头，元青皱绸首巾一丈五尺长裹在头上，佩了个镀金手表，镶了两颗金牙齿，打得一手好纸牌，还会弹弹月琴，唱几十曲时行小调。在军队中厌倦了，回到本乡来无所事事，向上向下通通无机会，就放点小赌，或开个小铺子，卖点杂货。欢喜到处走动，眼睛尖，鼻子尖，看得出也嗅得出什么是路可以走，走走又不会出大乱子。若诱引了这些爱风情的女孩子，收藏不下，养活不了，便带同女子坐小船向下江一跑，也不大计算"明天"怎么办。到外埠住下来，把几个钱一花完，无事可作无路可奔时，末了一着棋，照例是把女子哄到人贩子手中去，抵押一百两百块钱，给下处做土娼，自己却一溜完事。女人或因被诱出了丑，肚中带了个孩子，无处交代，欲走不能走，欲留不能留，就照土方子捡副草药，土狗斑蝥茯苓朱砂死的活的一股鲁吃下去，把血块子打下。或者体力弱，受不住药力，心门子窄，胆量小，打算不开，积忧成疾，孩子一落地，就故意走到大河边去喝一阵生冷水，于是躺到床上去，过不久，肚子肠子绞痛起来，咬定被角不敢声张，隔了一天便死了。于是家中人买一副白木板片装殓好，埋了。亲戚哭一阵，街坊邻里大家谈论一阵，骂一阵，怜恤一阵，事情就算完了。也有幻想多，抒情气氛特别浓，事情解决不了时，就选个日子，私下梳妆打扮起来，穿上干净衣鞋，扣上心爱的花围腰，趁大清早人不知鬼不觉投身到深潭里去，把身子喂鱼吃了的，同样——完了。又或亲族中有人，辈分大，势力强，性情又特别顽固专横，读完了几本"子曰"，自以为有维持风化道德的责任，这种道德感的增强，便必然成为好事者，且必然对于有关男女的事特别兴奋。一遇见族中有女子丢脸事情发生，就想出种种理由，自己先怄一阵气，再在气头下集合族中人，把那女的一绳子捆来，执行一阵私刑，从女人受苦难情形中得到一点愉快，把女的远远的嫁去，讨回一笔财礼，作为"脸面钱"。若这个族中人病态深，道德感与虐待狂不可分开，女人且不免在一种戏剧性场面下成为牺牲者。照例将为这些男子，把全身衣服剥去，颈项上悬挂一面小磨石，带到长潭中去"沉潭"，表示与众弃之意思。当几个族中人乘上小船，在深夜里沉默无声向河中深处划去时，女的低头无语，看着河中荡荡流水以及被木桨搅碎水中的星光，想到的大约是二辈子投生问题，或是另一时被族中长辈调戏不允许的故事，或是一些生前"欠人""人欠"的小小恩怨。这一族之长的大老与好事者，坐在船头，必正眼也不看那女子一眼，心中却漩起一种复杂感情，总以为"这是应当的，全族面子所关，不能不如此的"。但自然也并不真正讨厌那个年青健康光鲜鲜的肉体，讨厌的或许倒是这肉体被外人享受。小船摇到潭中时，荡桨的把桨抽出，船停了，大家一句话不说，就把那女的掀下水去。这其间自然不免有一番小小挣扎，把小船弄得摇摇晃晃，人一下水，随即也就平定了。送下水的因为颈项上悬系了一面石磨，在水中打漩向下沉，一阵水泡子向上翻，接着是天水平静。船上几个人，于是俨然完成了一件庄严重大工作，把船掉头，因为死的虽死了，活的还得赶回到祠堂里去叩头，放鞭炮挂红，驱逐邪气，且表示这种勇敢决断的行为，业已把族中损失的荣誉收复。事实上就是把那点私心残忍行为卸责任到"多数"方面去，至于那个多数呢？因为不读子曰，自然是不知道此事，也从不过问此事的。

女子中也有能干异常，丈夫过世还经营生活，驾船种田，兴家立业的。沿辰河有几座大油房，几个大庙宇，几处建筑宏大华美的私人祠堂，都是这种寡妇的成就。

女子中也有读书人，大多数是比较开通的船长地主的姑娘，到省里女子师范或什么私立中学读了几年书，还乡时便同时带来给乡下人无数新奇的传说，崭新的神话，比水手带来的完全不同。城里大学堂教书的，一个时刻拿的薪水，抵得过家中长工一年收入！花两块钱买一个小纸条，走进一个黑黯黯大厅子里面去，冬暖夏凉，坐下来不多一会儿，就可看台上的影子戏。真刀真枪打仗杀人，一死几百几千，死去的都可活回来，坐在柜台边用小麦管子吃橘子水和牛奶！上有天堂，下有苏杭，杭州有个西湖，大水塘子种荷花养鱼，四面山上全是庙宇，和尚尼姑都穿绸缎袍子，每早上敲木鱼铙钹沿湖唱歌。……总之，如此或如彼，这些事述说到乡下人印象中时，必然都成为不可思议的惊奇动人场面。

顶可笑的还是城里人把橘子当补药，价钱贵得和燕窝高丽参差不多，还是从外洋用船运回来的，橘子上印有洋字，用白纸包了，纸上也有字，说明补什么，应当怎么吃，若买回来依照方法挤水吃，就补人。不依照方法，不算数。说来竟千真万确，自然更使得出橘子地方的人不觉好笑。不过真正给乡下人留下一个新鲜经验的，或者还是女学生本身的装束。辫子不要了，简直同男人一样，说是省得梳头，耽搁时间读书。膀子膊子全露在外面，说是比藏在里面又好看又卫生，缝衣时省布。且不穿裤子，至少这些女学生给普通乡下人印象是不穿裤子，为什么原因他们可不明白。这些女子业已许过婚的，回家不久必即向长辈开谈判，主张"自由"，需要离婚。说是爱情神圣，家中不能包办终身大事。生活出路是到县里的小学校去做教员，婚姻出路是嫁给在京沪私立大学读过两年书的公务员，或县党部委员，学校同事。居多倒是眼界高，相貌可不大好看，机会不凑巧，无对手，不结婚，名为"抱独身主义"。这种"抱独身主义"的人物，照例吃家里，用家里，衣襟上插支自来水笔，插支活动铅笔，手上有个小小皮包，皮包中说不定还有副白边黑眼镜，生活也就过得从容愉快。想再求上进，程度不甚佳，就进什么女子体育师范，或不必考的私立大学。毕业以前若与同学发生了恋爱，照例是结婚不多久就生孩子，一同居，除却跟家中要钱，就再也不会回来了。这其中自然也有书读得很好，又有思想，又有幻想，十八年左右向江西跑去，终于失了踪的，这种人照例对乡下那个多数是并无意义的，不曾发生何等影响的。

当地大多数女子有在体力与情感两方面，都可称为健康淳良的农家妇，需要的不是认识几百字来讨论妇女问题，倒是与日常生活有关系的常识和信仰，如种牛痘，治疟疾以及与家事有关收成有关的种种。对于儿女的寿夭，尚完全付之于自然淘汰。对于橘柚，虽从经验上已知接枝选种，情感上却还相信每在岁暮年末，用糖汁灌溉橘树根株，一面用童男童女在树下问答"甜了吗？""甜了！"下年结果即可望味道转甜。一切生活都混合经验与迷信，因此单独凭经验可望得到的进步，无迷信掺杂其间，便不容易接受。但同类迷信，在这种农家妇女也有一点好处，即是把生活装点得不十分枯燥，青春期女性神经病即较少。不论他们过的日子如何平凡而单纯，在生命中依然有一种幻异情感，或凭传说故事，引导到一个美丽而温柔仙境里去，或信天委命，来抵抗种种不幸。迷信另外一种形式，表现于行为，如敬神演戏，朝山拜佛，对于大多数女子，更可排泄她们蕴蓄被压抑的情感，转换一年到头的疲劳，尤其见得重要而必需。

　　这就是居住在这条河流两岸的人民近三十年来的大略情形。这世界一切既然都在变，变动中人事乘除，自然就有些近于偶然与凑巧的事情发生，哀乐和悲欢，都有他独特的式样。

秋（动中有静）^①

秋成熟一切。大河边触目所见，尽是一年来阳光雨露之力，影响到万汇百物时用各种式样形成的象征。野花多用比春天更美丽眩目的颜色，点缀地面各处。沿河的高大白杨银杏树，无不为自然装点以动人的色彩，到处是鲜艳与饱满。然而在如此景物明朗和人事欢乐笑语中，却似乎蕴蓄了一点儿凄凉。到处都仿佛有生命在动，一切说来实在又太静了。过去一千年来的秋季，也许和这一次差不多完全相同，从这点"静"中即见出寂寞和凄凉。

辰河中部小口岸吕家坪，河下游约有四里一个小土坡上，名叫"枫树坳"，坳上有个滕姓祠堂。祠堂前后十几株老枫木

---

① 本篇收入1945年文聚版《长河》单行本前，曾在1938年8月11日至8月16日香港《星岛日报·星座》副刊上发表，连载序号5~10，署名沈从文。又，经修改，曾在1942年6月10日《文聚》月刊第1卷第3期上发表，篇名为《秋》，署名沈从文。这是作者以《秋》为篇名的作品之一。本篇篇名为收入单行本时所拟。

树，叶子已被几个早上的严霜，镀上一片黄，一片红，一片紫。枫树下到处是这种彩色斑驳的美丽落叶。祠堂前枫树下有个摆小摊子的，放了三个大小不一的簸箕，簸箕中也是这种美丽的落叶。祠堂位置在山坳上，地点较高，向对河望去，但见千山草黄，起野火处有白烟如云。村落中乡下人为耕牛过冬预备的稻草，傍附树根堆积，无不如塔如坟。银杏白杨树成行高矗，大小叶片在微阳下翻飞，黄绿杂彩相间，如旗纛①，如羽葆②。又如有所招邀，有所期待。沿河橘子园尤呈奇观，绿叶浓翠，绵延小河两岸，缀系在枝头的果实，丹朱明黄，繁密如天上星子，远望但见一片光明，幻异不可形容。河下船埠边，有从土地上得来的萝卜，薯芋，以及各种农产物，一堆堆放在那里，等待装运下船。三五个小孩子，坐在这种庞大堆积物上，相互扭打游戏。河中乘流而下行驶的小船，也多数装满了这种深秋收获物，并装满了弄船人欢欣与希望，向辰溪县，浦市，辰州，各个码头集中，到地后再把它卸到干涸河滩上去等待主顾。更远处有皮鼓铜锣声音，说明某一处村中人对于这一年来人与自然合作的结果，因为得到满意的收成，正在野地上举行谢土的仪式，向神表示感

---

① 旗纛：饰以羽毛的大旗，用于军中或仪仗，也指帝王仪仗中以鸟羽联缀为饰的华盖。

② 羽葆：古时葬礼仪仗的一种。以鸟羽聚于柄头，如盖。

激,并预约"明年照常"的简单愿心。

土地似乎已经疲劳了,行将休息,云物因之转增妍媚。天宇澄清,河水澄清。

祠堂前老枫树下,摆摊子守坳的,是个弄船老水手,好像在水上做鸭子漂厌了,方爬上岸来做旱鸭子。其时正把簸箕中落叶除去。由东往西,来了两个赶路乡下人,看看天气还早,两个人就在那青石条子上坐下来了。各人取出个旱烟管,打火镰吸烟。一个说:"今年好收成!对河滕姓人家那片橘子园,会有二十船橘子下常德府!"

另一个就笑着说:"年成好,土里长出肉来了。我砦子上田地里,南瓜有水桶大,三十二斤重。当真同水桶一样大,吃了一定补!"

"又不是何首乌,什么补不补?"

"有人到云南,说萝卜冬瓜都有水桶大,要用牛车拉,一车三两个就装不下了。"

"你相信他散天花①。还有人说云南金子多,遍地是金子。金子打的饭碗,卖一百钱一个,你信不信?路远一万八千里,要走两三个月才走得到,无中无保的话,相信不得。"

———————

① 散天花:胡扯。

　　两人正谈论到本地今年地面收成，以及有关南瓜冬瓜种种传说。来了一个背竹笼的中年妇人，竹笼里装了两只小黑猪，尖嘴拱拱的，眼睛露出顽皮神气，好像在表示，"你买我回去，我一定不吃料，乱跑，看你把我怎么办。"妇人到祠堂边后，也休息下来，一面抹头上汗水，一面就摊子边听取两人谈话。

　　"我听人说，烂泥地方满家田里出了个萝卜大王，三十二斤重，比猪头还大，拿到县里去报功请赏。县里人说：县长看见了你的萝卜，你回去好了。我们要帮你办公文禀告到省里去，会有金字牌把你。你等等看吧。过了一个月，金牌得不着，衙门里有人路过烂泥，倒要了他四块钱去，说是请金字牌批准了，来报喜信，应当有赏。这世界！"末了他摇摇头，好像说下去必犯忌讳，赶忙把烟杆塞进口中了。

　　另一个就说："古话说：衙门八字开，有理无钱莫进来。不是花钱你来有什么事。满家人发羊痫疯，田里长了个大萝卜，也大惊小怪，送上衙门去讨好。偷鸡不得丢把米，这是活该的。"

　　"可是上两场烂泥真有委员下乡来田里看过，保长派人打锣到处知会人，家中田里有大萝卜的拿来送委员过目，进城好请赏，金字牌的奖赏，值很多钱！"

　　"到后呢？"

　　"后来保长请委员吃酒，委员自己说是在大学堂里学种菜的。陪委员吃酒的人，每一份出一吊八百钱。一八如八，八八六吊四，一十四吊钱一桌酒席，四盘四碗，另外带一品锅。吃过了酒席，委员带了些菜种，又捉了七八只预备带回去研究的笋壳色肥母鸡，挂到三丁拐轿杠上，升轿走了。后来事就不知道了。"

坐在摊子边的老水手，便笑眯眯的插嘴说：

"委员坐了轿子从我这坳上过路，当真有人挑了一担萝卜，十多只肥鸡。另外还有两个火腿，一定是县长送他的。他们坐在这里吃萝卜，一面吃一面说，你们县长人好，能任劳任怨，父母官真难得。说的是京话。又说'你们这个地方土囊（壤）好，萝卜大，不空心，很好很好吃！'那挑母鸡的烂泥人就问委员，'什么土囊布囊好？是不是稀屎？'不答理他。委员说的是'土囊'，囊他个娘哪知道！"

那乡下人说："委员是个会法术的人，身边带了一大堆玻璃瓶子，到一处，就抓一把土放到一个小小瓶子里去，轻轻的摇一摇。人问他说：'委员，这有什么用处？这是土囊？是拿去炼煤油，熬膏药？'委员就笑着说：'是，是，我要带回去话唫（化验）它。''你有千里镜吗？''我用险危（显微）镜。'我猜想一定就是电光镜，洋人发明的。"

几个人对于这个问题不约而同莫测高深似的叹了一口气。可是不由得都笑将起来，事情实在希奇的好笑。城里人，城里事情，总之和乡下人都太隔远了。

妇人搭上去说："大哥，我问你，'新生活'①快要来了，是不是真的？我听太平溪宋团总说的，他是我舅娘的大老表。"

一个男的信口开河回答她说："怎么不是真的？还有人亲眼见过。年岁虽然好，世界可不好。人都在劫数，逃脱不得。人都说江口天王菩萨有灵有验，杀猪杀羊许愿，也保佑不了！"

妇人正因为不知道"新生活"是什么，记忆中只记起五年前中央军来了又走了，现在又听人说"新生活"也快要上来，不明白"新生活"是什么样子，会不会拉人杀人。因此问了许多人，人都说不明白。现在听这人说已有人在下面亲眼看到过，显见得是当真事情了。既真有其事，保不定一来了到处村子又是乱乱的，人呀马呀的挤在一处，要派夫派粮草，家家有份。每天有人敲锣通知，三点钟村子里开会，男男女女都要去，好开群众大会，好枪毙人！大家都要大喊大叫，打倒土豪，消灭反动分子。这批人马刚走，另外一群就来了，又是派夫派粮草，家家有份。又是开会，杀人。现在听说"新生活"快要上来了，因此心中非常愁闷。竹笼中两只小猪，虽可以引她到一个好梦境中去。另外那个"新生活"，却同个槌子一样，打在梦上粉碎了。

_____

① 新生活：即"新生活运动"，简称"新运"，指国民党政府在20世纪30年代推行的所谓"国民教育运动"。

　　她还想多知道一点，就问那事事充内行的乡下人："大哥，那你听说他们是要不要从这里过路？人马多不多？"

　　那男子见妇人认真而担心的神气，于是故意特别认真的说："怎么不从这条路来？他们说来就来，说走就走。我听高村人说，他船到辰州府，就在河边眼看到'新生活'下船，人马可真多！机关枪，机关炮，六子连，七子针，十三太保，什么都有。委员司令坐在大白马上，把手那么叉着对民众说话（摹仿官长声调）：诸位同胞，诸位同志，诸位父老兄弟姊妹，我是'新生活'。我是司令官。我要奋斗……"

　　妇人已完全相信那个演说，不待说完就问："中央军在后面追不追？"

　　"那谁知道。他是飞毛腿，还追过中央军！不过，这事委员长总有办法的。他一定还派得有人马在后边，因为人多炮火多，走得慢一些。"

　　妇人说："上不上云南？"

　　"可不是，都要上云南的！老话说：上云南，打瓜精。应了老话，他们都要去打瓜精的。"

　　妇人把话问够后，简单的心断定"新生活"当真又要上来了，不免惶恐之至。她想起家中床下砖地中埋藏的那二十四块现洋钱，异常不安，认为情形实在不妥，还得趁早想办法，于是背起猪笼，忙匆匆的赶路走了。两只小猪大约也间接受了点惊恐，一路尖起声音叫下坳去。

两个乡下男人其实和妇人一样，对于"新生活"这个称呼，都还莫名其妙。只是并不怎么害怕，所以继续谈下去。

老水手可不说话，好像看得很远。平时向远处看，便看到对河橘子园那一片橘树，和吕家坪村头那一簇簇古树，树丛中那些桷尖。这时节向远处看，便见到了"新生活"。他想："来就来你的，有什么可怕？"因此自言自语的说："'新生活'来了，吕家坪人拔脚走光了，我也不走。三头六臂能奈我何。"他意思是家里空空的，就不用怕他们。

两个过路人走后，老水手却依然坐在阳光下想心事。"你来吧，我偏不走。要我做伕子，挑伙食担子，我老骨头，做不了。要我引路，我守祠堂香火。"

这祠堂不是为富不仁王四癞子的产业，却是洪发油号老板的。至于洪发老板呢，早把全家搬到湖北汉口特别区大洋房子里住去了。什么都不用怕。可是万一"新生活"真的要来了，老水手怎么办？那是另一问题。实在说，他不大放心！因为他全不明这个名词的意义。

一会儿，坳上又来了一个玩猴儿戏的，肩膊上趴着一个小三子①，神气机伶伶的。身后还跟着一只矮脚蒙茸小花狗，大约因为走长路有点累，把个小红舌头摆到嘴边，到了坳上就各处闻嗅。玩猴儿戏的外乡人样子，到了坳上休息下来，问这里往麻阳县还有多少里路，今天可在什么地方歇脚。老水手正打量到"新生活"，看看那个外乡人，像个"侦探"，是"新生活"派来的先锋。所以故意装得随随便便老江湖神气，问那玩猴儿戏的人说：

"老乡亲，你家乡是不是河南归德府？你后面人多不多？他们快到了吧？"

那人不大明白这个询问用意，还以为只是想知赶场的平常乡下人，就顺口说："人不少！"事实上却完全答非所问。

只这一句话就够了，老水手不再说什么，以为要知道的已经知道了，心中又闷又沉静。因为他虽说是个老江湖，"新生活"是什么，究竟不清楚。

他预备过河去看看。对河萝卜溪村子里，住了个人家，和他关系相当深。他得把这个重要消息报告给这个一村中的领袖知道，好事先准备一番，免得临时措手不及，弄得个手忙脚乱。

他又想先到镇上去看看，或者还有些新消息，可从吃水上饭的人方面得到。因此收拾了摊子，扣上门，打量上路。其时碧

---

① 小三子：当地人称小猴子为"疤屁股老三"，此处为昵称。

空如洗，有一群大雁鹅正排成人字从高空中飞过。河下滩脚边，有三五只货船上滩，十多个纤夫，伏身在干涸过了的卵石滩上爬行，唉声唉气呼喊口号。秋天来河水下落得多，溶口小，许多大石头都露出水面，被阳光漂得白白的，散乱在河中，如一群一群白羊。玩猴儿戏的已下坳赶路走了，大路上又来了七个爬松毛的吕家坪人，四个男子，三个女人，背上各负了巨大的松毛束，松毛上还插了一把把透红山果和蓝的黄的野花。几个人沿路笑着骂着，一齐来到坳上。老水手想起前年热闹中封船、拉夫、输送队、慰劳队，等等名色，向一个爬松毛的年青女人说：

"嫂子，嫂子，你真不怕压坏你的肩膊，好气力！你这个怕不止百五十斤吧。"

那妇人和其他几个人，正把背上负荷搁在坎旁歇憩，笑着不作声。另外一个男子却从旁打趣说双关话调弄女的。

"伯伯，你不知道，大嫂子好本事，压得再重一些也经得起。"

其他两个年青妇女都咕喽咕喽笑将起来。负荷顶多那个妇人，因为听得出话中有刺，就回骂那同伴男子：

"生福，你个悖时的，你舌子上可生疗？生了疗，胡言谵语，赶快找杨回回，免得绝香火。"

男的说："嫂子，我不生疗。我说你本事好，经得起压，不怕重，不怕大。雷公不打吃饭人！"

"我背得多背得少，不管你生福的事。"

"不管我的事，好。常言道：伸手不打笑脸人，我是夸奖你，难道世界变了，人家说好话也犯罪？"

"你这人口好心坏。口上多蜜，心上生蛆，你以为我不懂。"

"你懂个什么，你只懂……光棍心多，令人开口不得。"

另外一个顶年青，看来好像是和那男的有点情分的女人，就插嘴说："唉嗨。得了罢了，又不是桃子李子，虫蛀了心，怎么坏？"

那男的说："真是，又不是桃子李子，心哪里会坏。又不是千里眼，有些东西从里面坏了，眼睛也见不着！"

因为这句话暗中又伤到原来那个妇人，妇人就说："烂你的舌子，生福。"

男的故意装做听不懂她的意思："你说什么？舌子不咬就不会烂的！"

"狗咬你。"

"是的，狗咬我。我舌子好像差点就被一只发了疯的母狗咬掉过！有一天在一棵大桐木树阴下，我还说，狗，狗，你轻点咬！咬掉可不是玩的！"

因为说到妇人不想提起的一点隐秘事情，女的发急了，红着脸说："悖时砍脑壳的，生福，你再说我就当真要骂了！"

男的涎皮笑脸说："阿秋嫂子，你骂！你骂我也会骂。你骂不过我。"

"你贼嘴贼舌，以后不得好死，死了还要到拔舌地狱受活罪，现眼现报。"

另一个女的想解围："够了，活厌了再死不迟。阿秋嫂子，你就听他嚼舌根，信口打哇哇，当个耳边风算什么。"

"他占我便宜！"

"就让他一点也成。口里来，耳边去，我敢打包票，占不了什么。"

那男的只是笑："是的，肥水不落外人田，拔了萝卜眼儿在，占点小小便宜，少了什么。"

因为越说越放肆，而且事情总离不了那点过去。被说及的那个妇人，唯恐说下去更不中听，着急起来，气愤不过，想用爬松毛的竹耙子①去赶着男的打两下。男的见事不妙，棍子快到头上，记起男子不与女斗的格言，三十六计走为上计，于是哈哈大笑，躬起个腰，负荷松毛束，赶先走下坳去了。

---

① 竹耙子：聚拢和疏散柴草、谷物或平整土地的农具，有长柄，一端有铁齿、木齿或竹齿。

另外几个女的男的也一同带笑带闹走了。

原有那个吵嘴妇人，憋了一肚子气，对看祠堂的老水手说："伯伯，你看，我们这地方去年一涨水，山脉冲断了，风水坏了，小伙子都成了野猪，三百斤重，一身皮包骨，单是一张嘴有用处。一张嘴到处伤人。"

老水手笑着回答说："不说不笑，就会胡闹。嘴也有嘴的用处，没有事情时，唱点歌好快乐！……你看那边山多好。"

原来山前另外一个坳上枫木树下，正有个割草青年小伙子在唱歌，即景生情，唱的是：

三株枫木一样高，

枫木树下好恋姣；

恋尽许多黄花女，

佩烂无数花荷包。

因为并无人接口，等等自己又接下去唱道：

姣家门前一重坡，

别人走少郎走多；

铁打草鞋穿烂了，

不是为你为那个？

那女的正心中有气不能出，对远处割草青年，遥遥的吐出一个"呸"字，笑着说："花荷包，花抱肚；你娘有闲工夫为你做！"一声吆喝叫了个倒彩，把撑松毛用的木杈子拿起，背着松毛走了。

老水手眼看着几个女人走下坳后，自言自语的说："花荷包，花抱肚，佩烂了，穿烂了，子弟孩儿们长大了。日子长咧。'新生活'一来，派慰劳队，找年青娘儿们，你们都该遭殃！"

老水手随即也就上了路，向吕家坪镇上走去。打从一个局所门前经过时，见几个税丁无事可作，正在门前小凳子旁玩棋，不像是"新生活"要来的样子。又到油号看看，庄上管事已赶场收买五倍子去了，门前靠墙边斜斜的晒了许多油篓子，一只笋壳色母鸡在油篓后刚生过蛋，猛被人惊吓，大声叫喊飞上墙去，也不像"新生活"要来的样子。又到团练公所去，只见师爷正歪着头舐笔尖，在为镇上妇人写家信，把信写好后，念给妇人听，妇人一面听一面拉衣袖拭泪，倒仿佛是同"新生活"多少有点关系。于是老水手一面抓着腮帮子，一面探询似的问局上师爷：

"师爷，团总赶场去了吗？多久回来？"

师爷看看是弄船的："喔，大爷。团总晚上回来。"

"县里有人来……？"

"委员早走了。"

"什么委员？"

"看萝卜的那个委员。"

老水手笑了，把手指头屈起来记数日子："师爷，那是上一场的事情！我最近好像听人说，……下头又有人来，……我不大相信。"

那请托师爷写家信的老妇人，就在旁搭口说："师爷，请你帮我信上添句话，就说：'十月你不寄钱来，我完不了会，真是逼我上梁山。'你尽管那么写。我要吓吓他。"

师爷笑将起来："嫂子，你不要恐吓他。你老当家的有钱，他会捎来的。"

妇人眼泪汪汪的："师爷你不知道，桃源县的三只角迷了他的心，三个月不带钱来，总说运气不好。不想想我同三冒儿在家里吃什么过日子。"

老水手说："嫂子你不要心焦，天无绝人之路。三只角迷不了他，他会回心转意的。"

妇人拉围裙角拭去眼泪，把那封信带走后，老水手又向师爷说："他是不是在三十六师？我想会要打仗了！"

师爷说："太平世界，除了戏台上花脸，手里痒痒的弄枪弄棒，别的有什么仗打？我不相信现在省里有人要打仗。大爷，你听谁造的谣言？"

这事本来是老水手自己想起随口说出的，接下去，他还待说说"新生活"快要来了的意见。可是被师爷说是造谣言，便不免生出一点反感。于是觉得师爷那副读书人样子，会写几个字，便自以为是"智多星"，好像天卜事什么他都不相信，其实只是装秀才。因此不再说什么，作成一种"信不信由你"的神气，扬扬长长走开了。出得团练局，来到杨姓祠堂门前，见有五六个小孩子蹲在那大青石板上玩骰子，拼赌香炷头。老水手停了停脚逗他们说："唁，小将们，还不赶快回家去！他们快要来了，要捉你们的！"

小孩子好奇，便一齐回过头来带着探询疑问神气："是谁捉我们？"

"谁，那个'新生活'要捉你们。"

一个输了本火气大的孩子说："'新生活'捉我们，鬼老二单单捉你。伸出生毛的大手，要扯你的后脚，逃脱不得。"

老水手见不是话，掉过头来就走，向河边走去。到河边他预备过渡。河滩上堆满了各样农产物，有不知谁家新摘的橘子三大堆，恰如三堆火焰，正在装运上船。四五个壮年汉子，快乐匆忙的用大撮箕搬橘子下船，从摇摇荡荡的跳板上走过去，到了船边，就把橘子哗的倒进空舱里去。有人在商讨一堆菜蔬的价钱，一面说，一面做成赌咒样子。

上了渡船，掌渡的认识他，正互相招呼。河边又来了两个女子，一个年纪较小的，脸黑黑的，下巴子尖尖的，穿了件葱绿布衣，月蓝布围腰，围腰上还扣朵小花，用手指粗银链子约束在背后，一条辫子盘在头上，背个小小细篾竹笼，放了些干粉条同印花布。一个年纪较大的，眼睛大，圆枣子形脸，穿蓝布衣印花布裤。

年青人眼睛光口甜，远远的一见到老水手，就叫喊老水手：

"满满，满满，你过河吗？到我家吃饭去，有刀头肉，焖黄豆芽。"

老水手一看是夭夭姊妹，就说："夭夭，你姊妹赶场买东西回来？我正要到你家里去。你买了多少好东西！"他又向那个长脸的女孩子说，"二妹，你怎么，好像办嫁妆，老是一大堆！……"老水手对两个女孩子只是笑，因为见较大的也有个竹笼，内里有好些布匹杂货，所以开玩笑，说是陪嫁用的。那个枣子形脸的女人，为人忠厚老实，被老的一说，不好意思，腮帮子颈脖子通红了。掉过头去看水。

掌渡船的说："二姑娘嫁妆有八铺八盖，早就办好了。我听你们村子里人说的。头面首饰就用银子十二斤，压箱子十二个元宝还在外，是王银匠说的。夭姑娘呢，不要银的，要金的。谁说的？我说的。"

末后的话自然近于信口开河，夭夭虽听得分明，却装不曾听到，回过头去抿着嘴笑，指点远处水上野鸭子给姊姊瞧。

老水手说："夭夭，你一个夏天绩了多少麻？我看你一定有二十四匹细白麻布了。"

夭夭注意水中漂浮的菜叶，头也不回。"我一个夏天都玩掉了，大嫂麻布多！"

掌渡船的又插嘴说："大嫂子多，可不比夭夭的好。夭夭什么都爱好。"

夭夭分辩说："划船的，你乱说。你怎么知道我爱好？"

掌渡船的装作十分认真的神气："我怎么不知道？我老虽老，眼睛还上好的，什么事看不出。你们只看看她那个细篾背笼，多精巧，怕不是贵州云南府带来的？值三两银子吧。你顶小时我就说过，夭夭长大了，一定是个观音。哪会错。"

"你怎么知道观音爱好？"

"观音不爱好，怎么不怕路远，成天到南海去洗脚？多远一条路！"弄渡船的一面悠悠闲闲的巴船，一面向别的过渡人说："我说知道就知道。我还知道宣统皇帝退位，袁世凯存心不良要登极，我们湖南人蔡锷不服气，一掌把他推下金銮宝殿。人老成精，我知道的事情多咧。"

几句话把满船人都逗笑了。

大家眼光注意到夭夭和她那个精巧竹背笼。那背笼比起一般妇女用的，实在精细讲究得多。同村子里女人有认得她的，就带点要好讨好的神气说："夭夭，你那个斗篷还要讲究！"

夭夭不作声，面对汤汤流水，不作理会。心想："这你管不着！"可是过了一会儿，却又回过头来对那女人把嘴角缩了一缩，笑了一笑："金子，你怎么的！大伙儿取乐，你唱歌，可值得？"

金子也笑了笑，她何尝不是取乐。即或当真在唱歌，也照例是使人快乐使自己开心的。

渡船到河中时，三姑娘向老水手说："满满，你坳上大枫木树，这几天真好看。叶子同火烧一样，红上了天，一天烧到夜，总烧不完。我们在对河稻草堆上看到它，老以为真是着了火。"

水手捉住了把柄说："夭夭，你才说不爱好看的东西，别的事不管，你倒看中我坳上那枫木树。还有小伙子坐在枫木树下唱歌，你在对河可惜听不着。你家橘子园才真叫好看，今年结多少！树枝也压断许多吧。结了万千橘子，可不请客！因为好看，舍不得！"

夭夭装作生气样子说："满满，你真是拗手扳罾，我不同你说了。"

两姊妹是枫木坳对河萝卜溪滕家大橘子园滕长顺的女儿，守祠堂的老水手也姓滕，是远房同宗。老水手原来就正是要到她家里去，找她们父亲说话的。

夭夭不说话时，老水手于是又想起"新生活"，他抱了一点杞忧，以为"新生活"一来，这地方原来的一切，都必然会要有些变化，夭夭姊妹生活也一定要变化。可是其时看看两个女的，却正在船边伸手玩水，用手捞取水面漂浮的瓜藤菜叶，自在从容之至。

过完渡，几个人一起下了船，沿河坎小路向着萝卜溪走去。

河边下午景色特别明丽，朱叶黄华，满地如锦如绣。回头看吕家坪市镇，但见嘉树成荫，千家村舍屋瓦上，炊烟四浮，白如乳酪，悬浮在林薄间。街尾河边，百货捐税局门前，一支高桅杆上，挂一条写有扁阔红黑大字体的长幡信，在秋阳微风中飘荡。几十只商船桅尖，从河坝边土坎上露出，使人想象得出那里河滩边，必正有千百纤夫，用谈笑和烧酒卸除了一天的劳累。对河大坳上，老水手住的祠堂前，那几株老枫木树挺拔耸立，各负戴一身色彩斑斓的叶子，真如几条动人的彩柱……看来一切都象征当地的兴旺，尽管在无章次的人事管理上，还依然十分兴旺。

（有删节）

橘子园主人和一个老水手①

　　辰河是沅水支流，在辰溪县城北岸和沅水汇流。吕家坪离辰溪县约一百四十里，算得是辰河中部一个腰站。既然是个小小水码头，情形也就和其他码头差不多，凡由辰河出口的黔东货物，桐油、木材、烟草、皮革、白蜡、水银和染布制革必不可少的土靛青、五倍子，以及辰河上游两岸出产的竹、麻，与别的农产物，用船装运下行，花纱布匹、煤油、自来火、海味、白糖、纸烟和罐头洋货，用船装运上行，多得把船只停靠，在这个地方上"复查税"。既有省中委派来的收税官吏在此落脚，上下行船只停泊多，因此村镇相当大，市面相当繁荣。有几所规范宏大的榨油坊，每年出货上万桶桐油。有几个收买桐油山货的庄号，是汉口常德大号口分设的。有十来所祠堂，祠堂中照例金碧辉煌，挂了许多朱漆匾额，还迎面搭个戏台，可供春秋二季族中出份子唱

① 本篇收入1945年文聚版《长河》单行本前，曾在1938年8月17日至8月26日香港《星岛日报·星座》副刊上发表，连载序号11~20。署名沈从文。本篇名为收入单行本时所拟。

戏。有几所庙宇，敬奉的是火神，伏波元帅，以及骑虎的财神，外帮商人集会的大后宫，象征当地人民的希望和理想。有十来家小客栈，和上过捐的"戒烟所"，专为便利跑差赶路人和小商人而准备。地方既是个水码头，且照例有一群吃八方的寄食者，近于拿干薪的额外局员，靠放小借款为生的寡妇，本地出产的大奶子大臀窑姐儿，备有字牌和象棋的茶馆……由于一部分闲钱，一部分闲人，以及多数人用之不尽的空闲时间，交互活动，使这小码头也就多有了几分生气。地方既有财有货，间或就又驻扎有一百八十名杂牌队伍，或保安团队，名为保护治安，事实上却多近于在此寄食。三八逢场，附近三五十里乡下人，都趁期来交换有无，携带了猪羊牛狗和家禽野兽，石臼和木碓，到场上来寻找主顾。依赖盐乡为生的江西、宝庆小商人，且带了冰糖、青盐、布匹、纸张、黄丝烟、爆竹，以及其他百凡杂货，就地搭棚子做生意。到时候走路来的，驾小木船和大毛竹编就的筏子来的，无不集合在一处。布匹花纱因为是人所必需之物，交易照例特别大。耕牛和猪羊与农村经济不可分，因为本身是一生物，时常叫叫咬咬，做生意时又要嚷嚷骂骂，加上盟神发誓，成交后还得在附近吃食棚子里去喝酒挂红，交易并且特别热闹。飘乡银匠和卖针线妇人，更忙乱得可观。银匠手气高的，多当场表演镀金发蓝手艺，用个小管子吹火焰做镶嵌细工，摊子前必然围上百十好奇爱美乡下女人。此外用"赛诸葛"名称算命卖卜的，用"红十字"商标拔牙卖膏药符水的，无不各有主顾。若当春夏之交，还有开磨坊的人，牵了黑色大叫骡，开油坊的人，牵了火赤色的大黄牯牛，在场坪一角，搭个小小棚子，用布单围好，竭诚恭候乡下人牵了家中骒马母牛来交合接种。野孩子从布幕间偷瞧西洋景时，乡保甲多忽然从幕中钻出，大声吆喝加以驱逐。当事的主持此事时，竟似乎比大城市"文明结婚"的媒人牧师还谨慎庄严。至于辰河中的行船人，自然尤乐于停靠吕家坪。因为说笑话，地名"吕家坪"，水手到了这里时，上岸去找个把妇人，口对口做点儿小小糊涂事，泄泄火气，照风俗不犯行船人忌讳。

吕家坪虽俨然一个小商埠，凡事应有尽有，三炮台香烟和荔枝龙眼罐头，可以买来送礼。但隔河临近数里，几个小村落中情形，可就完全不同了。这些地方照例把一切乡村景象好好保留下来，吕家坪所有，竟仿佛对之毫无影响。人情风俗都简直不相同。即如橘园中摘橘子时，过路人口渴吃橘子，在村子里可不必花钱，一到吕家坪镇上，便是极酸的狗矢柑，虽并不值钱，也有老妇人守在渡口发卖了。

萝卜溪是吕家坪附近一个较富足的村子。村中有条小溪，背山十里远发源，水源在山洞中，由村东流入大河。水路虽不大，因为长年不断流，水清而急，乡下人就利用环境，筑成一重一重堰坝，将水逐段潴汇起来，利用水潭蓄鱼，利用水力灌田碾米。沿溪上溯有十七重堰坝，十二座碾坊，和当地经济不无关系。水底下有沙子处全是细碎金屑，所以又名"金沙溪"。二四月间河中杨条鱼和鲫鱼上子时，半夜里多由大河逆流匍匐而上，因此溪上游各处堰坝水潭中，多鲫鱼和杨条鱼，味道异常鲜美。土地肥沃带沙，出产大萝卜，因此地名萝卜溪，十分本色。

萝卜溪人以种瓜种菜种橘子为业，尤其是橘子出名。村中几乎每户人家都有一片不大不小的橘园，无地可种的人家，墙边毛坑旁还总有几树橘柚。就中橘园既广大，家道又殷实，在当地堪称首屈一指的，应分得数滕长顺。在过渡处被人谈论的两姊妹，就是这人家两个女儿。

滕长顺原来同本地许多人一样，年青时两手空空的，在人家船上做短程水手，吃水上饭。到后又自己划小小单桡船，放船来往沅水流域各码头，兜揽商货生意，船下行必装载一点蔬菜，上行就运零碎杂货。因为年纪青，手脚灵便，一双手肯巴，对待主顾又诚实可靠，所以三五年后就发了旺，增大了船只，扩张了事业。先是做水手，后来掌舵把子，再后来且做了大船主。成家讨媳妇时，选中高村一个开糖坊的女儿，带了一份家当来，人又非常能干。两夫妇强健麻利的四只手不断的作，积下的钱便越来越多。这个人于是记起两句老话："人要落脚，树要生根"，心想像一把杓老在水面上漂，终不是个长久之计。两夫妇商量了一阵，又问卜打卦了几回，结果才决心在萝卜溪落脚，买了一块菜园，一栋房子。当家的依然还在沅水流域弄船，妇人就带孩子留家里管理田园、养猪养鸡。船向上行，装货到洪江时，当家的把船停到辰溪县，带个水手赶夜路回家来看看妇人和孩子。到橘园中摘橘子时，就辞去了别的主顾，用自己船只装橘子到常德府做买卖，同时且带家眷下行，看看下面世界。因为橘子庄口整齐，味道甜，熟人又多，所以特别容易出脱，并且得到很好的价钱。一个月回头时，就装一船辰河庄号上货物，把自己一点钱也办些本地可发落的杂货，回吕家坪过年。

自从民国以来，二十年中沅水流域不知经过几十次大小内战，许多人的水上事业，在内战时被拉船，封船，派捐，捉伕的结果，事业全毁了。许多油坊字号，也在兵匪派捐勒赎各种不幸中，完全破了产。世界既然老在变，这地方自然也不免大有今昔，应了俗话说的，"十年兴败许多人"。从这个潮流中淘洗，这个人却一面由于气运，一面由于才能，在种种变故里，把家业维持下来，不特发了家，而且发了人。妇人为他一共养了两个男孩，三个女孩，到现在，孩子已长大成人，讨了媳妇，做了帮手。因此要两个孩子各驾一条三舱四橹小鳅鱼头船，在沅水流域继续他的水上事业，自己便在家中看管田庄。女儿都许了人家，大的已过门，第二第三还留在家中。共有三个孙子，大的已满六岁，能拿了竹响篙看晒谷簟，赶鸭下河。当家的年纪已五十六岁，一双手巴了三四十年，常说人老了，骨头已松不济事了，要休息休息。可是遇家中碾谷米时，长工和家中人两手不空闲，一时顾不来，却必然挑起两大箩谷子向溪口碾坊跑，走路时行步如飞，不让年青小伙子占先。

这个人既于萝卜溪安家落业，在村子里做员外，且因家业，年龄，和为人义道公正处，足称模范，得人信服，因此本村中有公共事业，常常做个头行人，居领袖地位。遇有什么官家事情，如军队过路派差办招待，到吕家坪乡公所去开会时，且常被推举作萝卜溪代表。又因为认识几个字，所以懂得一点风水，略明麻衣相法，会几个草头药方，能知道一点时事……凡此种种，更增加了这个人在当地的重要性。

两个小伙子，小小的年龄时就跟随父亲在水上漂，一条沅水长河中什么地方有多少滩险，多少石头，什么时候什么石头行船顶危险麻烦，都记得清清楚楚。（至于船入辰河后，情形自然更熟习了。）加之父子人缘好，在各商号很得人信用，所以到他们能够驾船时，"小滕老板"的船只，正和老当家的情形一样，还是顶得称赞的船只。

至于几个女孩子，因为做母亲有管教，都健康能勤，做事时手脚十分麻利。终日在田地里太阳下劳作，皮肤都晒成棕红色。家庭中有大有小，父母弟兄姊妹齐全，因此性格畅旺，为人和善而真诚，欢喜高声笑乐，不管什么工作都像是在游戏，各在一种愉快竞争情形中完成。三个女儿就同三朵花一样，在阳光雨露中发育开放。较大的一个，十七岁时就嫁给了桐木坪贩朱砂的田家做媳妇去了，如今已嫁了四年。第二的现在还只十六岁，许给高村地方一个开油坊的儿子，定下的小伙子出了远门，无从完婚。第三的只十五岁，上年十月里才许人，小伙子从县立小学毕业后，转到省里师范学校去，还要三年方能毕业，结婚纵早也一定要在三年后了。三个女儿中最大的一个会理家，第二个为人忠厚老实，第三个长得最美最娇。三女儿身个子小小的，腿子长长的，嘴小牙齿白，鼻梁完整匀称，眉眼秀拔而略带野性，一个人脸庞手脚特别黑，神气风度却是个"黑中俏"。在一家兄弟姊妹中年龄最小，所以名叫夭夭。一家人凡事都对她让步，但她却乖巧而谦虚，不占先称强。因为心性天真而柔和，所以显得更动人怜爱，更得人赞美。

这一家人都俨然无宗教信仰，但观音生日，财神生日，药王生日，以及一切传说中的神佛生日，却从俗敬香或吃斋，出份子给当地办会首事人。一切附予农村社会的节会与禁忌，都遵守奉行，十分虔敬。正月里出行，必翻阅通书，选个良辰吉日。惊蛰节，必从俗做荞粑吃。寒食清明必上坟，煮腊肉社饭到野外去聚餐。端午必包裹粽子，门户上悬一束蒲艾①，于五月五日午时造五毒八宝膏药，配六一散痧药，预备大六月天送人。全家喝过雄黄酒后，便换好了新衣服，上吕家坪去看赛船，为村中那条船呐喊助威。六月尝新，必吃鲤鱼，茄子，和田地里新得包谷新米。收获期必为长年帮工酿一大缸江米酒，好在工作之余，淘凉水解渴。七月中元节，作佛事有盂兰盆会，必为亡人祖宗远亲近戚焚烧纸钱，女孩儿家为此事将有好一阵忙，大家兴致很好的封包，用锡箔折金银锞子，俟黄昏时方抬到河岸边去焚化。且作荷花灯放到河中漂去，照亡魂升西天。八月敬月亮，必派人到镇上去买月饼，办节货，一家人团聚赏月。九月重阳登高，必用紫芽姜焖鸭子野餐，秋高气爽，又是一番风味。冬天冬蛰，在门限边用石灰撒成弓形，射杀百虫。腊八日煮腊八粥，做腊八豆……总之凡事从俗，并遵照书上所有办理，毫不苟且，从应有情景中，一家人得到节日的解放欢乐和严肃心境。

　　这样一个家庭，不愁吃，不愁穿，照普通情形说来，应当是很幸福的了。然而不然。这小地方正如别的世界一样，有些事不大合道理的。地面上确有些人成天或用手，或用脑，各在职分

---

① 蒲艾：菖蒲与艾草。

上劳累，与自然协力同功，增加地面粮食的生产，财富的储蓄，可是同时就还有另外一批人，为了历史习惯的特权，在生活上毫不费力，在名分上却极重要，来用种种方法，种种理由，将那些手足贴地的人一点收入挤去。正常的如粮赋，粮赋附加捐，保安附加捐……常有的如公债，不定期而照例无可避免的如驻防军借款，派粮，派捐，派夫役，以及摊派剿匪清乡子弹费，特殊的有钱人容易被照顾的如绑票勒赎，明火抢掠。总而言之，一年收入用之于"神"的若需一元，用之于"人"的至少得有二十元。家中收入多，特有的出项也特别多。

世界既然老在变，变来变去如像十八年的革命，轮到乡下人还只是出钱。这一家之长的滕长顺，就明白这个道理。钱出来出去，世界似乎还并未变好，所以就推为"气运"。乡下人照例凡是到不能解决无可奈何时，差不多都那么用"气运"来抵抗它，增加一点忍耐，一点对不公平待遇和不幸来临的适应性，并在万一中留下点希望。天下不太平既是"气运"，这道理滕长顺已看得明白，因此父子母女一家人，还是好好的把日子过下去。亏得是人多手多，地面出产多，几只"水上漂"又从不失事，所以在一乡还依然称"财主"。世界虽在变，这一家应当进行的种种事情，无不照常举办，婚丧庆吊，年终对神的还愿，以及儿婚女嫁的应用东东西西，都准备的齐齐全全。

明白世界在变，且用气运来解释这在变动中临到本人必然的忧患，勉强活下去的，另外还有一个人，这个人就是在枫木坳上坐坳守祠堂，关心"新生活"快要来到本地，想去报告滕长顺一声的老水手。这个人的身世如一个故事，简单而不平凡，命运恰与陆地生根的滕长顺两相对照。年青时也吃水上饭，娶妻生子后，有两只船作家当，因此自己弄一条，雇请他人代弄一条，在沅水流域装载货物，上下往来。看看事业刚顺手，大儿子到了十二岁，快可以成为一个帮手，前途大有发展时，灾星忽然临门，用一只看不见的大手，不拘老少，却一把捞住了。为了一个西瓜，母子三人在两天内全害霍乱病死掉了，正如同此后还有"故事"却特意把个老当家的单独留下。这个人看看灾星落到头上来了，无可奈何，于是卖了一只船，掉换三副大小棺木，把母子三人打发落了土。自己依然勉强支撑，用"气运"排遣，划那条船在沅水中行驶。当初，尚以为自己年纪只四十多一点，命运若转好，还很可以凭精力重新干出一份家业来。但祸不单行，妇人儿子死后不到三个月，剩下那只船满载桐油烟草驶下常德府，船到沅水中部青浪滩，出了事，在大石上一磕成两段，眼睛睁睁的看到所有货物全落了水，被急浪打散了。这个人空捞着一匹桨，又急又气，浮沉了十余里方拢岸。到得岸上后，才知道，不仅船货两失，押货的商人也被水淹死了，八个水手还有两个失了踪。这一来，真正是一点老根子都完了。装货油号上的大老板，虽认为行船走马三分险，事不在人在乎天，船只失事实只是气运不好，对于一切损失并不在意。还答应另外借给他三百吊钱，买一只小点的旧船，做水上人，找水上饭吃，慢慢的再图扳本。可是一连经过这两次打击，这个人自己倒信任不过自己，觉得一切都完了，再干也不会有什么好处了。因此同别的失意人一样，只打量向远方跑。过不多久，沅水流域就再也见不着这个水手，谁也不知道他的去处。渐渐的冬去春来，四时交替，吕家坪的人自然都忘记这么一个人了。

　　大约经过了十五年光景，这个人才又忽然出现于吕家坪。初回来时，年纪较青的本地人全不认识，只四十岁以上的人提起时才记得起。对于这个人，老同乡一望而知这十余年来在外面生活是不甚得意的。头发业已花白，一只手似乎扭坏了，转动不什么灵便，面貌萎悴，衣服有点拖拖沓沓，背上的包袱小小的，分量也轻轻的。回到乡下来的意思，原来是想向同乡告个帮，做一个会，集五百吊钱，再打一只船，来水上和二三十岁小伙子挣饭吃。照当地习惯，大家对于这个会都乐意帮忙，正在河街上一个船总家集款时，事情被滕长顺知道了。滕长顺原来与之同样驾船吃水上饭，现在看看这个远房老宗兄铩羽回来，像是已经倦于风浪，想要歇歇的样子。人既无儿无女，无可依靠，年纪又将近六十，因此向他提议：

"老大爷，我看你做水鸭子也实在够累了，年纪不少了，一把骨头不管放到那里去，都不大好。倒不如歇下来，爽性到我家里去住，粗茶淡饭总有一口。世界成天还在变，我们都不中用了，水面上那些事让你侄儿他们去干好。既有了他们，我们乐得轻轻松松吃一日酸菜汤泡饭。你只管到我那里去住，我要你去住，同自己家里一样，不会多你的。"

老水手眯着小眼睛看定了长顺，摇摇那只扭坏了的臂膊，叹一口气，笑将起来。又点点头，心想"你说一样就一样"，因此承认长顺的善意提议，当天就背了那个小小包袱，和长顺回到萝卜溪的橘子园。

住下来虽说作客，乡下人照例闲不得手，遇事总帮忙。而且为人见事多，经验足，会喝杯烧酒，性情极随和，一家大小都对这个人很好，把他当亲叔叔一般看待，说来尚称相安。

过了两年，一家人已成习惯后，这个老水手却总像是不能习惯。这样寄居下去可不成，人老心不老，终得要想个办法脱身。但对于驾船事情，真如长顺所说，是年纪青气力壮的小伙子的事情，快到六十岁的人已无分了。当地姓滕宗族多，弄船的，开油坊油号的，种橘子树的，一起了家，钱无使用处时，总得把一部分花在祠堂庙宇方面去，为祖宗增光，儿孙积福，并表扬个人手足勤俭的榜样。公祠以外还有私祠。公祠照例是分支派出钱作成，规范相当宏大，还有些祠田公地，可作祭祀以外兴办义务学校用。私家祠堂多由个人花钱建造，作为家庙。其时恰恰有个开洪发号油坊起家的滕姓寡妇，出了一笔钱，把整个枫树坳山头空地买来，在坳上造了座祠堂。祠堂造好后要个年纪大的看守，还无相当人选。长顺为老水手说了句好话，因此这老水手就成了枫树坳上坐坳守祠堂人。祠堂既临官道，并且濒河，来往人多，过路人和弄船人经过坳上时，必坐下来歇歇脚，吸一口烟，松松肩上负担。祠堂前本有几株大枫木树，树下有几列青石凳子，老水手因此在树下摆个小摊子，卖点零吃东西。对于讨路人，自己也就俨然是这坳上的主人，生活下来比在人家作客舒适得多。间或过河到长顺家去看看，到了那里，坐一坐，谈谈本乡闲事，或往牛栏边去看看初生小牛犊，或下厨房到灶边去烧个红薯，烧个包谷棒，喝一碗糊米茶，就又走了。也间或带个小竹箩赶赶场，在场上各处走去，牛场，米场，农具杂货场，都随便走去看看，回头再到场上卖狗肉牛杂碎摊棚边矮板凳上坐坐，听生意人谈谈各样行市，听弄船人谈谈下河新闻，以及农产物下运水脚行情，一条辰河水面上船家得失气运。遇到县里跑公事人，还可知道最近城里衙门的功令，及保安队调动消息。天气晚了，想起"家"了，转住处时就捎点应用东西——一块巴盐，一束烟草，或半葫芦烧酒，这个烧酒有时是沿路要尝尝看，尝到家照例只剩下一半的。由于生活不幸，正当生发时被恶运绊倒了脚，就爬不起来了，老年孤独，性情与一般吕家坪人比较起来，就好像稍微有点儿古怪。由于生活经验多，一部分生命力无由发泄，因此人虽衰老了，对于许多事情，好探索猜想，且居然还有点童心。混合了这古怪和好事性情，在本地人说来，竟成为一个特别人物。先前一时且有人以为他十多年来出远门在外边，若不是积了许多财富，就一定积了许多道理，因此初回来时，大家对他还抱了一些好奇心。但乡下人究竟是现实主义者，回来两年后，既不见财富，又听不出什么道理，对于这个老水手，就俨然不足为奇，把注意力转到别一方面去了。把老水手认识得清楚，且充满了亲爱感情，似乎只长顺一家人。

老水手人老心不老，自己想变变不来了，却相信《烧饼歌》上几句话，以为世界还要大变。不管是好是坏，总之不能永远"照常"。如今听说"新生活"要来了，实在相当兴奋，在本地真算是对新生活第一个抱有幻想的人物。事实呢，世界纵然一切不同，这个老水手的生命却早已经凝固了。这小地方本来呢，却又比老水手所梦想到的，变化的还要多。

老水手和长顺家两个姑娘过了渡，沿河坎小路向萝卜溪走去时，老水手还是对原来那件事不大放心，询问夭夭：

"夭夭，你今天和你二姊到场上去，场上人多不多？"

夭夭觉得这询问好笑，因此反问老水手："场上人怎么不多？满满。"

"我问你，保安团多不多？"

二姑娘说："我听镇上人说，场头上还有人在摆赌，一张桌子抽两块钱，一共摆了二十张桌子。他们还说队长佩了个盒子炮，在场上面馆里和团总喝酒。团总脸红红的，叫队长亲家长亲家短，不知说什么酒话。"

老水手像是自言自语："还摆赌？这是什么年头，要钱不要命！"

夭夭觉得希奇，问老水手：

"怎么不要命？又不是土匪……"

老水手皱起眉毛，去估量场上队长和团总对杯划拳情形时，夭夭就从那个神情中，记起过去一时镇上人和三黑子对水上警察印象的褒贬。因为事情不大近人情，话有点野，说不出口，说来恐犯忌讳，所以只是笑笑。

老水手说："夭夭，你笑什么？你笑我老昏了头是不是？"

夭夭说："我笑三黑子，不懂事，差点惹下一场大祸。"

"什么事情？"

"是个老故事，去年的事情，满满你听人说过的。"

老水手明白了那个事情时，也不由得不笑了起来。可是笑过后却沉默了。

原来保安团防驻扎在镇上，一切开销都是照例，好在人数并不多，且有个水码头，号口生意相当大，可以从中调排，挹彼注此，摊派到村子里和船上人，所以数目都不十分大。可是水上警察却有时因为派来剿匪，或护送船帮，有些玩意儿把划船的弄得糊糊涂涂，不出钱不成，出了钱还是有问题。三黑子为人心直，有一次驾船随大帮船靠辰河一个码头，护船的队伍听说翁子洞有点不安静，就表示这大帮船上行责任太大，不好办。可是护送费业已缴齐，船上人要三黑子去办交涉，说是不能负责任，就退还这个钱，大家另想办法。交涉不得结果，三黑子就主张不用保护，把船冒险上行，到出麻烦时再商量。一帮船待要准备开头时，三黑子却被扣了下来，他们意思是要船帮另外摊点钱，作为额外，故意说河道不安靖，难负责任。明知大帮船决不能久停在半路上。只要有人一转圜，再出笔钱，自然就可以上路了。如今经三黑子一说，那么一来等于破了他们的计策。所以把他扣下来，追问他有什么理由敢冒险。且恐吓说事情不分明，还得送到省里去，要有个水落石出，这帮船方能开行。末了还是年老的见事多，知道了这只是点破了题，使得问题成个僵局，僵下去只是船上人吃亏，才作好作歹进行另外一种交涉，方能和平了事。

想起这些事，自然使乡下人不快乐，所以老水手说："快了，快了，这些不要脸家伙到我们这里洋财也发够了，不久就会要走路的。有别的人要来了！"

夭夭依然不明白是什么意思，停在路旁，问老水手："满满，谁快要到我们这里来？你说个明白，把人闷到葫芦里不好受！"

老水手装作看待小孩子神气："说来你也不会明白，我是王半仙，捏手指算得准，说要来就要来的。"

二姑娘年纪大些，看事比较认真，见老水手说得十分俨然，就低声问他："满满，不是下头南军和北军又开了火，兵队要退上来？"

老水手说："不打仗。不是军队。来的那个比军队还要厉害！"

"什么事情？他们上来做什么？地方保安团有枪，他们不冲突吗？"

"嗨，保安团！保安团算什么？连他们都要跑路，不赶快跑就活捉张三，把他们一个一个捉起来，结算二十年老账。"

夭夭说："满满，你说的当真是什么？闭着个口嚼蛤蜊，弄得个人糊糊涂涂，好像闷在鼓里，耳朵又老是嗡嗡的响，响了半天，可还是咚咚咚。"

几个快要走到萝卜溪石桥边时，夭夭见父亲正在园坎边和一个税局中人谈话，手攀定一枝竹子，那么摇来晃去，神气怪自在从容。税局中人是来买橘子，预备托人带下桃源县送人的。有两个长工正拿竹箩上树摘橘子。夭夭赶忙走到父亲身边去："爹爹，守祠堂的满满，有要紧话同你说。"

长顺已将近有半个月未见到老水手，就问他为什么多久不过河，是不是到别处去。且问他有什么事情。老水手因税局中人在身旁，想起先前一时在镇上另外那个写信师爷大模大样的神气，以为这件事不让他们知道，率性尽他们措手不及吃点亏，也是应该有的报应。便不肯当面即说。只支支吾吾向一株大橘子树下走去。长顺明白老水手性情，所谓要紧话，终不外乎县里的新闻，沿河的保安队故事，不会什么真正要紧。就说：

"大爷，等一会儿吧。夭夭你带满满到竹园后面去，看看我们今年挖的那个大窖。"长顺回头瞬眼看到二姑娘背笼中东东西西，于是又笑着说："二妹，你怎么又办了多少货！你真是要开杂货铺！我托你带的那个大钓钩，一定又忘记了，是不是？你这个人，要的你总不买，买的都不必要，将来不是个好媳妇。"

长顺当客人面责骂女儿，语气中却充满温爱，仿佛像一个人用手拍小孩子头时一样，用责罚当作爱抚。所以二姑娘听长顺说下去，还只是微笑。

提起钓钩时，二姑娘当真把这件事又忘了，回答他父亲："这事我早说好，要夭夭办。夭夭今天可忘了。"

夭夭也笑着，不承认罪过。"爹，你亲自派我的事，我不会忘记，二姊告我的事，杂七杂八，说了许多，一面说，一面又拉我到场上去看卖牛，我就只记得小牛，记不得鱼了。太平溪田家人把两条小花牛牵到场上去出卖，有人出二十六块钱，还不肯放手！他要三十。我有钱，我就花三十买它来。好一对牛，长得真好看！"

长顺说："夭夭，你就会说空话。你把牛买来有什么用。"

夭夭："牛怎么没用？小时好看，长大了好耕田！"

"人长大了呢，夭夭？"爹爹意思在逗夭夭，因为人长大了应合老话说的"男大当婚，女大当嫁"。夭夭就得嫁出去。

夭夭领悟得这句笑话意思，有点不利于己，所以不再分辩，拾起地下一线狗尾草，衔在口中，直向竹林一方跑去。二姑娘口中叫着"夭夭，夭夭"，也笑笑的走了。老水手却留在那里看他们下橘子，不即去看那个新窖。

税关中人望定长顺两个女儿后身说：

"滕老板，你好福气，家发人兴。今年橘子结得真好，会有两千块钱进项吧，发一笔大财，真是有土斯有财！"

长顺说："师爷，你哪知道我们过日子艰难！这水泡泡东西，值什么钱，有什么财发？天下不太平，清闲饭不容易吃，师爷你那知我们乡下人的苦处。稍有几个活用钱，上头会让你埋窖？"

那税局中人笑将起来，并说笑话："滕老板，你好像是怕我开借，先说苦，苦，苦，用鸡脚黄连封住我的口，免得我开口。谁不知道你是萝卜溪的'员外'？要银子，窖里怕不埋得有上千上万大元宝！"

"我的老先生，窖里是银子，那可好了。窖里全是红薯！师爷，说好倒真是你们好，什么都不愁，不怕，天塌了有高长子顶，地陷了有大胖子填。吃喝自在，日子过得好不自在！要发财，积少成多，才真容易！"

"常言道：这山望见那山高，你那知道我们的苦处。我们跟局长这里那里走，还不是一个'混'字，随处混！月前局长不来，坐在铜湾溪王寡妇家里养病，谁知道他是什么病？下面有人来说，总局又要换人了，一换人，还不是上下一齐换，大家卷起行李铺盖滚蛋！"

老水手听说要换人，以为这事也许和"新生活"有点关系，探询似的插嘴问道："师爷，县里这些日子怕很忙吧？"

"我说他们是无事忙。"

"师爷，我猜想一定有件大事情。……我想是真的……我听人说那个，一定是……。"老水手趦趦趄趄，不知究竟怎么说下去。他本不想说，可又不能长久憋在心上。

长顺以为新闻不外乎保安团调防撤人。"保安团变卦了吗？"

"不是的。我听人说，'新生活'快要来了！"

他本想把"新生活"三字分量说得重重的，引起长顺注意，可是不知为什么到出口时反而说得轻了些。税局中人和橘子园主人同声惊讶的问："什么，你说……新生活要来了吗？"事实上惊讶的原因，只是"新生活"这名词怎么会使老水手如此紧张，两人都不免觉得奇怪。两人的神气，已满足了老水手的本意，因此他故意作成千真万确当神发誓的样子说："是的，是的，那个要来了。他们都那么说！我在坳上还亲眼看见一个侦探，扮作玩猴子戏的，问我到县里还有多远路，问明白后就忙匆匆走了。那样子是个侦探，天生贼眉贼眼，好像正人君子委员的架式，我赌咒说他是假装的。"

两个人听得这话不由笑将起来，新生活又不是人，来就来，派什么侦探？怕什么？值得大惊小怪！两人显然耳朵都长一点，明白下边事情多一点，知道新生活是什东西的，并不觉得怎么吓怕的。听老水手如此说来，不免为老水手的慌张处好笑。

税局中人是看老《申报》①的，因此把所知道的新事情说给他听。但就所知说来说去，到后自己也不免有点"茅包"了，并不十分了解新闻的意思，就不再说了。长顺十天前从弄船人口中早听来些城里实行新生活运动的情形，譬如走路要向左，衣

---

① 申报：《申报》原名《申江新报》，1872年4月30日在上海创刊，1949年5月27日停刊，是近代中国发行时间最久、具有广泛社会影响的报纸。

扣得扣好，不许赤脚赤背膊，凡事要快，要清洁……如此或如彼，这些事由水手说来，不觉得危险可怕，倒是麻烦可笑。请想想，这些事情若移到乡下来，将成个什么。走路必向左，乡下人怎么混在一处赶场？不许脱光一身，怎么下水拉船？凡事要争快，过渡船大家抢先，不把船踏翻吗？船上滩下滩，不碰撞打架吗？事事物物要清洁，那人家怎么做霉豆腐和豆瓣酱，浇菜用不用大粪？过日子要卫生，乡下人从那里来卫生丸子？纽扣要扣好，天热时不闷人发痧？总而言之就条例言来都想不通，做不到。乡下人因此转一念头：这一定是城里的事情，城外人即不在内。因为弄船人到了常德府，进城去看看，一到衙门边，的的确确有兵士和学生站在街中干涉走路扣衣扣，不听吩咐，就要挨一两下，表示不守王法得受点处分。一出城到河边，傍吊脚楼撒尿，也就管不着了。因此一来，受处分后还是莫明其妙，只以为早上起来说了梦，气运不好罢了。如今听老水手说这事就要来乡下，先还怕是另外得到什么消息，长顺就问他跟谁听来的。老水手自然说不具体。只说"一定是千真万真"。说到末了，三个人不由得都笑了。因为常德府西门城外办不通的事，吕家坪乡下那会办得通。真的来，会长走错了路，就得打手心了。一个村子里要预备多少板子！

　　其时两个上树摘橘子的已满了筐，带下树来。税局中人掏出两块钱递给长顺，请他笑纳，表个意思。长顺一定不肯接钱，手只是摇。

"师爷，你我自己人，这把钱？你要它，就挑一担去也不用把钱，橘子结在树梢上，正是要人吃的！你我不是外人，还见外！"

税局人说："这不成，我自己要吃，拿三十五十，不算什么。我这是送人的！借花献佛，不好意思。"

"送礼也是一样的。不嫌弃，你下头有什么人要送，尽管来挑几担去。这东西越吃越发。"

税局中人执意要把钱，橘园主人不肯收。"师爷，你真是见外我姓滕的不够做朋友！"

"滕老板，你不明白我。我同你们上河人一样脾气，肠子直，不会客气。这次你收了，下一次我再来好不好？"

老水手见两人都直性，转不过弯来，推来让去终不得个了结，所以从旁打圆成说："大爷，你看师爷那么心直，就收了吧。"

长顺过意不去，因此又要长工到另外一株老树上去，再摘五十个顶大的添给师爷。这人急于回镇上，说了几句应酬话，长工便跟在他身后，为把一大箩橘子扛走了。

老水手说："这师爷人顶好，不吃烟，不吃酒。听说他祖宗在贵州省做过督抚。"

长顺说："人一好就不走运。"

夭夭换了毛蓝布衣服，拉了只大白狗，从家里跑来，见他父亲还在和老水手说话，就告他父亲说："爹，满满说什么'新生活'要来了，我们是不是又躲到齐梁桥洞里去？"

长顺神气竟像毫不在意："来就让他来好，夭夭，我们不躲他！"

"不怕闹吗？"

长顺忍不住笑了："夭夭，你怕你就躲，和满满一块儿去。我不躲，一家人都不躲。我们不怕闹！它也不会闹！"

夭夭眼睛中现出一点迷惑，"怎么回事？"要老水手为答解。

老水手似乎有点害羞，小眼睛巴睐巴睐的，急嚷着说：

"我敢打赌，赌个小手指，它会要来的！夭夭，你爹懂阴阳，今年六月里涨水，坝上金鲤鱼不是跑出大河到洞庭湖去了吗？这地方今年不会太平，打十回清醮，烧二十四斤檀香，干果五供把做法事的道士胀得昏头昏脑，也不会过太平年。"

长顺笑着说："那且不管它，得过且过。我们还是家里吃酒去吧。有麂子肉和菌子，炒辣子吃。"

老水手输心不输口，还是很固执的说："长顺大爷，我敢同你赌四个手指，一定有事情，要变卦。算不准，我一口咬下它。"

夭夭平时很信仰她爹爹，见父亲神气泰然，不以为意，因此向老水手打趣说："满满，你好像昨天夜里挖了一缸金元宝，只怕人家拦路抢劫，心里总虚虚的。被机关打过的黄鼠狼，见了碓关也害怕！新生活不会抢你金元宝的！"

老水手举起那只偏枯不灵活手臂，向对河坳上那一簇红艳艳老枫木树，用笑话回答夭夭说的笑话："夭夭，你看，那是我的家当！人说枫香树下面有何首乌，一千年后手脚生长齐全，还留个小辫子，完全和人一样，这东西大月亮天还会到处跑，走路飞快！挖得了它煮白毛乌骨鸡吃，就可以长生不老。我那天当真挖得了它，一定炖了鸡单单请你吃，好两人上天做神仙，仙宫里住多有个熟人，不会孤单！今天可饿了，且先到你家吃麂子肉去吧。"

另外一个长工相信传说，这时却很认真的说："老舵把子怎不请我呢？做神仙住大花园里，种蟠桃也要人！"

"那当然。我一定要请你，你等着！"

"我吃个脚拇指就得了。"

话说得憨而趣，逗引得大家都发了笑。

几个人于是一齐向家中走去。

因为老水手前一刻曾提起过当地"风水"，长顺是的确懂那个的，并不关心金鲤鱼下洞庭湖，总觉得地方不平凡，来龙去脉都有气势，树木又配置得恰到好处，真会有人材出来。只是时候还不到。可是将来应在谁身上？不免令人纳闷。

（有删节）

吕家坪的人事①

　　吕家坪正街上，同和祥花纱号的后屋，商会会长住宅偏院里。小四方天井中，有个酱紫色金鱼缸，贮了满缸的清水，缸中水面上搁着个玲珑苍翠的小石山。石山上阴面长有几簇虎耳草，叶片圆圆的，毛茸茸的。会长是个五十岁左右的二号胖子，在辰溪县花纱字号做学徒出身，精于商业经营，却不甚会应酬交际。在小码头做大老板太久，因之有一点隐逸味，有点泥土气息。其时手里正瘪着一支白铜镂花十样锦水烟袋，与铺中一个管事在鱼缸边玩赏金鱼，喂金鱼食料谈闲天。两人说起近两月来上下码头油盐价值的起跌以及花纱价入秋看涨，桐油价入冬新货上市看跌情形。前院来了一个伙计，肩上挂着个官青布扣花褡裢，背把雨伞，是上月由常德押货船上行，船刚泊辰溪县，还未入麻阳河，赶先走旱路来报信的。会长见了这个伙计，知道自己号上的船已

---

　　① 本篇收入1945年文聚版《长河》单行本前，曾在1938年8月27日至9月18日香港《星岛日报·星座》副刊上发表，连载序号21~30。署名沈从文。本篇名为收入单行本时所拟。

快到地，异常高兴。

"周二先生，辛苦辛苦。怎么今天你才来！刚到吗？船到了吗？不坏事吗？"

且接二连三问了一大串沅水下游事情。

到把各事明白后，却笑了。因为这伙计报告下面事情时，就说到新生活实施情形。常德府近来大街上走路，已经一点不儿戏，每逢一定日子，街上各段都有荷枪的兵士，枪口上插一面小小红绿旗帜，写明"行人向左"，要大家向左走。一走错了就要受干涉。礼拜天各学校中的童子军也一齐出发，手持齐眉棍拦路，教育上街市民，取缔衣装不整齐的行路人。衙门机关学堂里的人要守规矩，划船的一上岸进城也要守规矩。常德既是个水码头，整千整万的水手来来去去，照例必入城观观光，办点零用货物，到得城中后，忙得这些乡下人真不知如何是好。出城后来到码头边，许多人仿佛才算得救，恢复了自由。会长原是个老《申报》读者，二十年来天下大事，都是从老《申报》上知道的。新生活运动的演说，早从报纸看到了。如今笑的却是想起常德地方那么一个大码头，船夫之杂而野性，已不可想象，这些弄船人一上岸，在崭新规矩中受军警宪和小学生的指挥调排，手忙脚乱会到何等程度，说不定还以为这是"革命"！

管事的又问那伙计："二先生，你上来时，桃源县周溪木排多不多？洪江刘家的货到了不到？汉口庄油号上办货的看涨看跌？"

伙计一一报告后，又向会长轻轻的，很正经的说：

"会长，我到辰州听人说省里正要调兵，不知是什么事情。兵队都陆续向上面调，人马真不少！你们不知道吗？我们上面恐怕又要打仗了，不知打什么仗！"

会长说："是中央军队？省中保安队？……怕是他们换防吧。"

"我弄不清楚。沿河一带可看不出什么。只辰州美孚洋行来了许多油，行里仓库放不下，借人家祠堂庙宇放，好几个祠堂全堆满了。有人说不是油，是安全炸药，同肥皂一样，放火里烧也不危险。有人说明年五月里老蒋要带兵和日本打一仗，好好的打一仗，见个胜败。日本鬼子逼政府投降，老蒋不肯降。不降就要打起来。各省带兵的主席都赞成打！我们被日本人欺侮够了，不打一仗事情不了结。"

会长相信不过。"那有这种事？我们要派兵打仗，怎么把兵向上调？我看报，《申报》上就不说起这件事情。影子也没有！"《申报》到地照例要十一二天，会长还是相信国家重要事总会从报上看得出。报上有的才是真事情，报上不说多半不可靠。

管事的插嘴说："唉，会长，老《申报》好些事都不曾说！芷江县南门外平飞机场，三万人在动手挖坟刨墓，报上就不说！报上不说是有意包瞒，不让日本鬼子知道。知道了事情不好办。"

"若说飞机场，鬼子那有不知道？报上不说，是报馆访事的不知道，衙门不让人泄露军机。鬼子鬼伶精，到处都派得有奸细！"

管事说："那打仗调兵事情，自然更不会登报了。"

会长有点不服，拿出大东家神气："我告你，你们不知道的事情可不要乱说。打什么仗？调什么兵？……君子报仇三年，小人报仇眼前。中国和日本的账目，委员长心中有数，慢慢的来，时间早咧。我想还早得很。"末了几句话竟像是对自己安慰而发，却又要从自己找寻一点同情。可是心中却有点不安定。于是便自言自语说："世界大战要民国三十年发生，现在才二十五年，早得很！《大公报》上就说起过！"

管事的扫了兴，不便再说什么了，正想向外院柜台走去。会长忽记起一件事情，叫住了他：

"吴先生，我说，队上那个款项预备好了没有？他们今天会要来取它，你预备一下，还要一份收据。——作孽作孽，老爷老爷。"

管事说："枪款吗？早送来了，我忘记告你。他们还有个空白收据！王乡长说，队长派人来提款时，要盖个章，手续办清楚，了一重公案。请会长费神说一声。"

会长要他到柜上去拿收据来看看。收据那么写明：

保安队第××队队长，今收到麻阳县明理乡吕家

坪乡公所缴赔枪枝子弹损失洋二百四十元整。

会长把这个收据过目后，轻轻的叹了一口气，"作孽！"便把收据还给了管事。

走到堂屋里去，见赶路来的伙计还等待在屋檐前。

会长轻声的问："二先生，你听什么人说省里在调动军队？可真有这件事？"

伙计说："辰溪县号上人都那么说。恐怕是福音堂牧师传的消息，他们有无线电，天下消息都知道。"伙计见东家神气有点郁郁不乐，因此把话转到本地问题上来。"会长，这两个月我们吕家坪怎么样？下面都说桐油还看涨，直到明年桃花油上市，只有升起，不会下落。今年汉口柑橘起价钱，洋装货不到。一路看我们麻阳河里橘子园真旺相，一片金，一片黄金！"

会长默了一会："都说地方沾了橘子的光，那知道还有别的人老要沾我们的光？这里前不多久……不讲道理，有什么办法。"

伙计说："不是说那个能干吗？"

"就是能干，才会铺排这样那样！……上次考查萝卜白菜和水果的委员过路，会上请酒办招待，那一位就说：'委员，这地方除了橘子树多，什么都不成，闷死人！'委员笑眯眯的说：'橘子很补人，挤水也好吃！'好，大家都挤下去，好在橘子树多，总挤不干。可是挤来挤去也就差不多了！"

"局长可换了人？"

"怎么换人？时间不到，不会换人的。都有背脊骨，轻易不会来，来了不会动。不过这个人倒也还好，豪爽大方，很会玩。比那一位皮带带强。既是包办制度，牙齿不太长，地方倒阿弥陀佛，菩萨保佑！"

"到辰州府我去看望四老，听他说××来的那一位，才真有手段！什么什么费，起码是半串儿，丁拐儿，谁知道他们放了多少枪，打中了猫头鹰，九头鸟？那知强中更有强中手，××××长字号有个老婆，腰身小小的，眉毛长长的，看人时一对眼睛虚虚的，下江人打扮，摩登风流，唱得一口好京戏，打得一手好字牌，不久就和×××打了亲家，（是干亲家湿亲家只有他自己知道，外人那知道？）合手儿抬义胜和少老板轿子，一夜里就捞了'二方'，本来约好平分……过不久，那摩登人儿，却把软的硬的一卷，坐了汽车，闪不知就溜下武昌去了。害得×××又气又心疼。捏了鼻子吃冲菜，辣得个开口不得。现眼现报。是当真事情。……我过泸溪县时，还正听人说那一位×××在尤家巷一个娘舅家里养病。这几年的事情，不知是什么，人人都说老总统一了中国，国家就好了。

会长说："不要说老总，这个人办事倒认真，一天忙得像碾盘上石滚子，不得个休息。我看老《申报》，说他不久又要坐飞机上四川开会，是十六号报纸说的！这时一定已经到了。"

两个人正天上地下谈说国家大事和地方小事，只听得皮鞋声响，原来说鬼有鬼，队长和一个朋友来了。会长一见是队长，就装成笑脸迎上前去。知道来意是提那笔款项："队长，好几天不见你了。我正想要人来告个信，你那个乡公所已经送来了。"回头就嘱咐那伙计，"你出去告吴先生，把钱拿来，请队长过手。"

一面让坐，一面叫人倒茶拿烟奉客。坐定后，会长试从队长脸上搜索，想发现一点什么。"队长，这几天手气可好？我看你印堂①红红的。"

队长一面划火柴吸烟，一面摇头，喷了口烟气后，用省里话说："坏透了，一连四五场总姓'输'名'到底'。我这马上过

_____

① 印堂：指额部两眉之间。

日子的人，好像要坐轿子神气。天生是马上人，武兼文，不大好办！"他意思是他人合作行骗，三抬一，所以结果老是输。

会长说："队长你说笑话。谁敢请你坐轿子，不要脑壳！有几个脑壳！"

另外同来那位，看看像是吃过公务饭的长衫客，便接口说："输牌不输理，我要是搭伙平分，当裤子也不抱怨你。"接着这个人就把另一时另一个场面，绘影绘声的铺排出来，四家张子都记得清清楚楚，手上桌上牌全都记得清清楚楚，说出来请会长评理。会长本想请教贵姓台甫，这一来倒免了。于是随意应和着说："当真是的，这位同志说得对，输牌不输理。这不能怪人，是运气。"

队长受称赞后，有点过意不去，有点忸怩："荷包空了谁讲个理字？这个月运气不好，我要歇歇手！"

那人说："你只管来，我敢写包票，你要翻本！"

正说着，号上管事把三小叠法币同一纸收据拿来了，送给会长过目，面对队长笑眯眯的："大老爷，手气可好？你老牌张子太厉害，我们都赶不过！这是京上学来的，是不是？"

队长要理不理，随随便便的做了个应酬的微笑，并不作答。会长将钞票转交给他，请过目点数。队长只略略一看，就塞到衣口袋里去了，因此再来检视那张收据。

收据被那同来朋友冷眼见到时，队长装作大不高兴神气，皱了皱那两道英雄眉："这算什么？这个难道还要我盖私章吗？会长，亏得是你，碍你们的面子，了一件公事。地方上莫不以为这钱是我姓宗的私人财产吧，那就错了，错了。这个东西让我带回去研究研究看。"

会长知道意思，是不落证据到人手上。乡下人问题就只是缴钱了事，收据有无本不重要，因此敲边鼓凑和说："那不要紧，改天送来也成。他们不过是要了清一次手续，有个报销，并无别的意思。"且把话岔开说，"队长，你们弟兄上次赶场，听说在老营盘地方，打了一只野猪，有两百斤重，好大一只野猪！这畜生一出现，就搅得个庄稼人睡觉不安，这么一来，可谓为民除一大害，真是立功积德！我听人说野猪还多！"会长好像触着了忌讳，不能接说下去。

提起野猪，队长好像才想起一件事情。"嗨，会长，你不说起它，我倒忘了。我正想送你一腿野猪肉！"又转向那同来长衫朋友说，"六哥，你还不知道我们这个会长，仁义好客，家里办的狗肉多好！泡的药酒比北京同仁堂的还有劲头。"又转向会长说，"局里今天请客，会长去不去？"

会长装作不听清楚，只连声叫人倒茶。

又坐了一会儿，队长看看手腕上的白金表，便说事情忙，还有公事要办，起身走了。那清客似的朋友，临时又点了支烟，抓起了他那顶破呢帽，跟随队长身后走到天井中时，用一个行家神气去欣赏了一会儿金鱼缸上的石山，说："队长，你看，你看，这是'双峰插云'，有阴有阳，带下省里去，怕不止值三百块钱！"

队长也因之停在鱼缸边看了那么一忽儿，却说道："会长，你这石山上虎耳草长得好大！这东西贴鸡眼睛，百灵百验。你试试看，很好的！"

真应了古人说的：贤者所见，各有不同。两个伟人走后，会长站在天井中鱼缸旁只是干笑。心里却想起老营盘的野猪，好像那个石山就是个野猪头，倒放在鱼缸上。

吕家坪镇上只一条长街，油号，盐号，花纱号，装点了这条长街的繁荣。这三种庄号照例生意最大，资本雄厚，其余商业相形之下，殊不足数。当地橘子园虽极广大，菜蔬杂粮产量虽相当多，却全由生产者从河码头直接装船，运往下游，不必需另外经由什么庄号上人转手。因此一来，橘子园出产虽不少，生意虽不小，却不曾加入当地商会。换言之，也就可说是不被当地人看作"商业"。庄号虽搁下百八十万本钱，预备放账囤货，在橘子上市时，可从不对这种易烂不值钱货物投资，定下三五十船橘子，向下装运，与乡下人争利。税局凡是用船装来运去的，上税时经常都有个一定规则，对于橘柚便全看办事人兴致，随便估价。因为货物本不在章程上，又实在太不值钱。

商会会长的职务，照例由当地几种大庄号主人担任。商会主要的工作，说不上为商家谋福利，倒全是消极的应付：应付县里，应付省中各厅下乡过路的委员，更重要事情，就是应付保安队。商会会长平时本不需要部队，可是部队却少不了他们，公私各事都少不了。举凡军队与民间发生一切经济关系，虽照例由乡区保甲负责，却必需从商会会长转手。期票信用担保，只当地商会会长可靠。部队正当的需要如伙食杂项供应，不正当的如向省里商家拨划特货的售款，临时开借，商会会长职务所在，这样或那样，都得随事帮忙。

商会会长的重要性，既在此而不在彼，因此任何横行霸道蛮不讲理的武装人物，对会长总得客气一些。做会长的若为人心术不端，自然也可运用机会，从中博取一点分外之财。居多会长名分倒是推派到头上，辞卸不去，忍受麻烦，在应付情形下混。地方不出什么事故，部队无所借口，麻烦还不至于太多。事情繁冗，问题来临办不好时，就坐小船向下河溜，一个不负责。商人多外来户，知识照例比当地农民高一些，同是小伟人向乡下人惯使的手段，用到商号中人面前时，不能不谨慎些。因此商会会长的社会地位，比当地小乡绅似乎又高一着。

本地两年来不发生内战，无大股土匪出现，又无大军过境，所以虽驻下一连保安队，在各种小问题上向乡下人弄几个小钱，地方根基甚好，商务上金融又还活泼，还算是受得了，做会长的也并不十分为难。

萝卜溪大橘子园主人长顺，是商会会长的干亲家。因前一天守祠堂老水手谈及的事情，虽明知不重要，第二天依然到镇上去看会长，问问长沙下河情形。到时正值那保安队队长提枪款走后一忽儿，会长还在天井中和那押船管事谈说下河事情。

会长见到长顺就说："亲家，我正想要到萝卜溪来看你去。你好，几个丫头都好！"

长顺说："大家都好，亲家，天气晴朗朗的，事情不忙，怎不到我家去玩半天？"一眼望见那个伙计，认得他，知道他是刚办货回来的，"周管事，你怎么就回来了？好个神行太保。看见我家三黑子船没有？他装辰溪县大利通号上的草烟向下放，十四中午开头，算算早过桃源县了。十月边湖里水枯，有不有洋船过湖？"

那管事说："我在箱子岩下面见你家三黑子站在后梢管舵，十二个水手一路唱歌摇橹向下走，船像支箭快。我叫喊他：三哥，三哥，你这个人，算盘珠子怎么划的？怎不装你家橘子到常德府去做生意？常德人正等待麻阳货，'拉屎抢头一节'，发大财，要赶快！听我那么说，他只是笑。要我告家里，月底必赶回来。二哥的船听傅家驼子说，已上洪江，也快回来了吧。"

会长说："亲家，人人都说你园里今年橘子好，下河橘子价钱又高，土里长金子，筛也不用筛，只从地下捡起来就是。"

长顺笑着，故意把眉毛皱皱："土里长金子，你说得好！可是还有人不要那一片土，也能长金子的！（他意思实有所指，会长明白。）亲家我说你明白，像我那么巴家，再有一百亩地，还是一个'没奈何'，尿脬①上画花，外面好看，里面是空的。就是上次团上开会那个玩意儿，乡长一开口就要派我出五十，说去说来还是出四十块钱。这半年大大小小已派了我二三十回（他将手爪一把抓拢，作个手式，表示已过五百），差不多去了个'抓老官'数目，才免带过。这个冬天不知道还要有几次，他们不会让我们清清静静，过一个年的。试想想看，巴掌大一片土地，刮去又刮来，有多少可刮的油水？亲家你倒逍遥自在，世界好，留到这里享福；世界不好，坐船下省去，一个不管；青红皂绿通通不管。像我们呢，同橘子树一样，生根在土里五尺，走不动路，人也摇摇，风也摇摇。好，你摇吧，我好歹得咬紧牙齿，挨下去！"

---

① 尿脬：膀胱的俗称。

会长说："亲家，树大就经得起攀摇。中国在进步，《申报》上说得好，国家慢慢的有了中心，什么事都容易办。要改良，会慢慢改良的！"

"改良要钱的方法，钱还是要，我们还是挨下去，让这些人榨挤，一个受不了！"

会长慨乎其言之说："我的哥，我们还不是一个样子，打肿了脸装胖？我能走，铺子字号不能走，要钱还是得拿出来。老话说，'王把总请客，坐上筵席收份子，一是一，二是二，含糊不得'。我是个上了场面的人，那一次逃得脱？别人不知道，你知道。"

"那枪款可拿走了？"

"刚好拿走，队长自己来取的。区里还有个收条，请他盖章，了清手续，有个报销。队长说，'拿回去办，会长你信我吧。'我自然只好相信。他拿回去还要研究研究呢。研究到末后，你想是怎么样？"

"怪道我在街头见他很豪劲，印堂红红的，像有什么喜事。和我打招呼，还说要下萝卜溪来吃橘子！"

"这几年总算好，政府里有人负责，国家统了一，不必再打仗了，大家可吃一口太平饭，睡觉也不用担心。阿弥陀佛，罢了。出几个钱，罢了。"

周伙计插嘴说："我们这里那一位，这一年来会不会找上五串了吧。"

会长微笑点点头："怕不是协叶合苏？"

"那当然！"长顺说，"虽要钱，也不能不顾脸面。这其中且有好有歹，前年有个高岘满家人，带队伍驻横石滩，送他钱也不要！"

那个押船的伙计，这次上行到沅陵，正被赶上水警讹诈了一笔钱，还受了气，就说："最不讲理是那些水上副爷，什么事都不会作，胆量又小，从不打过匪，就只会在码头上恐吓船上人。凡事都要钱。不得钱，就说你这船行迹可疑，要'盘舱'，把货物一件一件搬出放到河岸边滩上，仔细检查。不管干的湿的都扎一铁签子。你稍说话，他就愣住两只眼睛说：'邪，怎么，你违抗命令，不服检查？把船给我扣了，不许动。'末了自然还是那个玩意儿一来就了事。打包票，只有'那个'事事打得通！在××××的一位，为人心直口快，老老实实，对船帮上人说：'我们来到你这鬼地方受罪，为什么？不是为……！'可是荷包满了有什么用？还不是打几颗金戒指，镶两颗金牙齿。再不然喝半斤闷胡子，胀得头晕晕的后，就跑到尤家巷小婊子处坐双台席面，去充阔摆格，哗啦哗啦送给小婊子。家中倒不用管，自有办法。天有眼睛，自然一报还一报。"

会长说："那些人就是这种样子，凡事一个不在乎。唱戏唱张古董借妻，他们看戏不笑，因为并不觉得好笑。总而言之，下面的人，下边的事情，和我们上河样样都不同。你笑他做乌龟，他还笑我们古板，蛮力蛮气，不通达世务。"

萝卜溪橘子园主人，对这类社会人情风俗习惯问题，显然不如他对于另外一件事情发生兴趣。他问那押船伙计："周管事，下河有些什么新闻。听说走路不许挨撞，你来我往各走一边，是不是真事情？"

伙计说："你说新生活吗？那是真事情。常德府专员已经接到了省里公事，要办新生活，街上到处贴红绿纸条子，一二三四五写了好些条款，说是老总要办的。不照办，坐牢、打板子、罚款。街上有人被罚立正，大家看热闹好笑！看热闹笑别人的也罚立正。一会儿就是一大串。那个兵士自己可不好意思起来，忍不住笑，走开了。"

"你听他们说，要上来不上来？"

这事伙计可说不明白了，会长看《申报》却知道。会长以为这是全国都要办的事情，一时间可不会上来。纵上河要办，一定是大城里先办，乡下不用办。就说省里，老总到了什么地方，那地方就办得认真，若人不在那边，军部党部都热闹不起劲。他的推测是根据老《申报》的小社评表示的意见。他见橘子园主人有点不放心，就说："亲家，这你不用担心，不会派款的。报上早说过了。委员长有过命令，不许借此为名，苛索民间。演说辞也上过报，七月廿号的日子，你不看到过？话说得很有道理，这是国家一件大事！"

长顺说："我以为这事乡下办不通。"

会长说："自然喽，城里人想起的事情，有几件事乡下办得通？……我说，亲家，你橘子今年下了多少？听管事说常德府货俏得很，外国货到汉口不多，你赶忙装几船下去，莫让溆浦人占上风抢先！"

长顺笑了起来："还是让溆浦人占上风，忙不了。我还要等黑子两兄弟船回来，装橘子下去，我也去看看常德府的新生活，办点年货。"

"是不是今年冬腊月二姑娘要出门，到王保董家做媳妇？那我们就有酒吃了。"

"那里那里，事情还早咧。姑爷八月间来信说，年纪小，不结婚。是你干女儿夭夭，想要我带她下常德府看看，说隔了两年，世界全变了，不去看看，将来去走路也不懂规矩，被人笑话！"

会长说："你家夭夭还会被人笑话吗？她精灵灵的，天上地下什么不懂，什么不会？上回我在铺子上，和烟溪人谈生意，她正在买花线，年轻人眼睛尖，老远见我就叫'干爹！干爹！'我说，'夭夭，一个月不见你，你又长大了。你一个夏天绣花要用几十斤丝线？为什么总不到我家里来同大毛姊玩？'她说，'我忙咧。''你一个小毛丫头，家里有什么事要你忙？忙嫁妆，日子早咧。二姊姊不出门，爹爹那舍得你！'说得她脸红红的，丝线不买就跑了。要她喝杯茶也不肯。这个小精怪，主意多端，干爹还不如她！"

长顺听会长谈起这个女儿的故事，很觉得快乐，不由得不笑将起来。"夭夭吗，生成就是个小猴儿精，什么都要动动手。不管她的事也动动手。自己的事呢，谁也不让插手，通通动不得，要一件一件自己来。她娘也怕她，不动她的。一天当真忙到晚，忙些什么事，谁知道。"

"亲家，你别说，她倒真是一把手。俗话说，洛阳桥是人造的，是鲁班大师傅两只手造的。夭夭那两只手，小虽小，会帮男子兴家立业的。可惜我毛毛小，无福气，不然早要他向你磕头，讨夭夭做媳妇！"

"亲家你说得她好。我正担心，将来那里去找制服她的人。田家六喜为人忠厚老实，会更惯坏了她。"

两人正怀着一分温暖情感，谈说起长顺小女儿夭夭的一切，以为夭夭在家里耳朵会红。那保安队长，却带了个税局里的稽核，一个过路陌生军官，又进屋里来了。一见会长就开口说："会长，我们来打牌，要他们摆桌子到后厅里吧。"且指定同来那个陌生人介绍，"这是我老同学，在明耻中学就同学，又同在军官学校毕业，现在第十三区司令部办事，是个伟人！"

这种介绍使得那个年青军官哭笑皆非，嘴角缩缩："嗨，伢俐，个么朽，放大炮，伤脑筋！"从语气中会长知道这又是个叫雀儿。

商会会长的府上，照例是当地要人的俱乐部，一面因为预备吃喝，比较容易，一面是大家在一处消遣时，玩玩牌不犯条款，不至于受人批评。主要的或许倒是这些机关上人与普通民众商家，少不了有些事情发生，商会会长照例处于排难解纷地位。会长个人经营的商业，也少不得有仰仗军人处，得特别应酬应酬。所以商会会长照例便成了当地"小孟尝"，客来办欢迎，茶烟款待外，还预备得有扑克牌和麻雀牌，可以供来客取乐。有时炕床上且得放一套鸦片烟灯枪，吸鸦片烟在当地已不时髦，不过玩玩而已。到吃饭时，还照例有黄焖母鸡，鱿鱼炒肉丝，暴腌肉炒辣子，红烧甲鱼等等可口菜肴端上桌子来。为的是联欢，有事情时容易关照。会长自己即或事忙不上场，也从无拒绝客人道理。可是这一回却有了例外，本不打量出门，倒触景生情，借故说是要过萝卜溪去办点事情，一面口说"欢迎欢迎"，叫家中用人摆桌子，一面却指着橘子园主人说："队长，今天我可对不起，不能奉陪！我要到他们那里看橘子去。"虽说对客人表示欢迎，可是三缺一终不成场面。主人在家刚好凑数，主人不在家，就还得另外找一角。几个客人商量了一会，税局中那个出主意，认为还是到税局方便，容易凑角色。因此三个人稍坐坐，茶也不喝，就一串鱼似的走了。

长顺见这些公务员走去后，对会长会心微笑。会长也笑笑，把头摇摇。

长顺说："会长，那就当真到我家里喝酒去，我有肥麂子肉下酒！好在下河船还到不了，这几天你不用忙。"

会长说："好，看看你橘子园去。我正要装船橘子下省去送人，你卖一船橘子把我吧。不过，亲家我们先说好，要接我的钱，不许天天卖乖巧，把钱退来还去不好看！"

橘子园主人笑着说："好好，一定接钱！我们公平交易做一次生意。"

不多久，两个人当真就过河下萝卜溪。

长街上只见本地人一担一箩挑的背的全是橘子，到得河边时，好些橘子和萝卜都大堆大堆搁在干涸河滩上，等待上船。会长向一个站在橘山边的本地人询问道："大哥，你这个多少钱一百斤？"那人见会长问他，只是摇头憨笑："会长，不好卖！

一块钱五十斤，十八两大秤，还卖不掉！你若要我送些大的好的到宝号上去，我家里高村来的货，有碗口大，同蜂糖一样甜，保你好吃。"

"你这个是酸的甜的？"

"甜得很。会长你试试看。"

"萝卜呢？"

那人只是干笑。因为萝卜太不值钱了，不便回答。萝卜从水路运到四百里外的地方去，还只值一块钱一百斤，这地方不过三四毛钱一百斤罢了。

其时有几个跑远路差人，正从隔河过渡，过了河，上岸一见橘子，也走过来问橘子价钱。那本地人说："副爷，你尽管吃，随便把钱。你要多少就拿多少去！"

几个人似乎不大理会得生意人的好意，以为是怕公事上人，格外优待，就笑着蹲身拣选橘子。选了约莫二十个顶大的，放在一旁，取出两手钱票子作为货价，送给那本地人。那人不肯接钱。谁知却引起了误会，以为不接钱是嫌钱少，受了侮辱，气势愤愤的说："两毛钱你还嫌少吗？你要多少！"

那人本意是东西不值钱，让这些跑路的公事上人白吃，不必破费。见他们错怪了人，赶忙把票子捏在手上，笑脸相迎的说："副爷，不是嫌少，莫见怪！……橘子多，不值钱，我不好意思收你的钱！"

就中一个样子刁狡，自以为是老军务，什么都懂，瞒不了他。又见长顺等在旁边微笑，还不大服气，就轻声的骂那个卖橘子的，骂给长顺会长听。

"你妈个……把了你钱还嫌少！现钱买现货，老子还要你便宜？"这一来，本地人不知说什么好，就不再接口了。几个人将橘子用手巾帽子兜住，另外又掉换了四个顶大的橘子，扬长不顾走了。

那卖橘子的把几张肮脏的小角票拈在手上摇摇，不自然的笑着，自言自语的说："送你吃你不吃，还怪人。好一个现钱买现货，钱从那里来的？羊毛出在羊身上，还不是湘西人大家有份。"

长顺说："大哥，算了吧。他不懂你好心好意，不领情。一定是刚从省里来的，你看神气看得出。这种人你还和他争是非？"

那人说："他们那么不讲理，一开口就骂人，我才不怕他！委员长到这里来也得讲道理！保安队，沙脑壳，碰两下还不是一包水？我怕你？"

两个人看看这小生意人话说的无意义，冬瓜葫芦一片藤，有把在当地十年来所受外乡人欺压的回忆牵混在一起情形，因此不再理会，就上了渡船。

弄渡船的认得会长和长顺，不再等待别的人客，就把船撑开了。

长顺说："亲家，你到了几只船？怕不有上万货物吧。"

会长说："船还在潭湾，三四天后才到得了，大小一共六只。这回带得有好海参——大乌开，大金钩虾，过几天我派人送些来。"渡船头舱板上全是橘子，会长看见时笑笑的问那弄渡船的："大哥，你那里来这么些橘子？"

站在船尾梢上用桨划水的老者，牙齿全脱光了，嘴瘪瘪的，一面摇船一面笑。"有人送我的，会长。你们吃呀！先前上岸那几个副爷，我要他们吃，他们以为我想卖钱，不肯吃，话听不明白，正好像逢人就想打架的样子，真好笑。"于是咕喽咕喽无机心的笑着。

会长和长顺同时记起河滩上那件事情，因此也笑着。长顺说："就是这样子，说我们乡下人横蛮无理，也是这种人。以为我们湘西人全是土匪，也是这种人。"

（有删节）

摘橘子[①]

　　萝卜溪滕家橘子园，大清早就有十来个男男女女，爬在树桠间坐定，或用长竹梯靠树摘橘子。人人各把小箩小筐悬挂在树枝上，一面谈笑一面工作。夭夭不欢喜上树，便想新主意，自出心裁找了枝长竹杆子，杆端缚了个小小捞鱼网兜，站在树下去搜寻，专拣选树尖上大个头，发现了时，把网兜贴近橘子，摇一两下，橘子便落网了，于是再把网兜中橘子倒进竹筐中去。众人都是照规矩动手，在树桠间爬来转去很费事，且大大小小都得摘。夭夭却从从容容，举着那枝长竹杆子，随心所欲到处树下走去，选择中意的橘子。且间或还把竹杆子去撩拨树上的嫂嫂和姊姊，惊扰她们的工作。选取的橘子又大又完整，所以一个人见得特别

　　① 本篇收入1945年文聚版《长河》单行本前，曾在1938年9月19日至9月26日香港《星岛日报·星座》副刊上发表，连载序号31~38。署名沈从文。又，经修改，曾在1942年10月15日《创作月报》第1卷第4、5期合刊上发表，篇名为"摘橘子——黑中俏和枣子脸"。署名沈从文。在文聚版单行本中，篇名为"摘橘子"。

高兴。有些树尖上的偏枝的果实，更非得她来办不可，因之这里那里各处走动。倒似乎比别人忙碌了些。可是一时间看见远处飞来了一只碧眼蓝身大蜻蜓，就不顾工作，拿了那个网兜如飞跑去追捕蜻蜓，又似乎闲适从容之至。

嫂嫂姊姊笑着，同声喊叫，"夭姑，夭姑，不能跑，不许跑！"

夭夭一面跑一面却回答说："我不跑，蜻蜓飞了。你同我打赌，摘大的，看谁摘得最多。那些尖子货全不会飞，不会跑，等我回来收拾它！"

总之，夭夭既不上树，离开树下的机会自然就格外多。一只蚱蜢的振翅，或一只小羊的叫声，都有理由远远的跑去。她不能把工作当工作，只因为生命中储蓄了能力太多，太需要活动，单只一件固定工作羁绊不住她。她一面摘橘子还一面捡拾树根边蝉蜕。直到后来跑得脚上两只鞋都被露水湿透，裤脚鞋帮还胶上许多黄泥，走路已觉得重重的时候，才选了一株最大最高的橘子树，脱了鞋袜，光着个脚，猴儿精一般快快的爬到树顶上去，和家中人从数量上竞赛快慢。

橘子园主人长顺，手中拈着一只长长的软软的紫竹鞭烟杆，在冬青篱笆边看家中人摘橘子。有时又走到一株树下去，指点指点。见夭夭已上了树，有个竹筐放在树下，满是特号大火红一般橘子。长顺想起商会会长昨天和他说的话，仰头向树枝高处的夭夭招呼：

"夭夭，你摘橘子不能单拣大的摘，不能单拣好的摘，要一视同仁，不可稍存私心。都是树上生长的，同气连理，不许偏爱！现在不公平，将来嫁到别人家中去做媳妇，做母亲，待孩子也一定不公平。这样子可不大好！"

夭夭说："爹爹，我就偏要摘大的。我才不做什么人妈妈婆婆！我就做夭夭，做你的女儿，偏心不是过错！他们摘橘子卖给干爹，做生意总不免大间小，带得去的就带去。我摘的是预备送给他，再尽他带下常德府送人。送礼自然要大的，整庄的，才好看！十二月人家放到神桌前上供，金煌煌的，观音财神见它也欢喜！"

二姑娘在另外一株树上接口打趣说：

"夭夭，你原来是进贡，许下了什么愿心？我问你。"

夭夭说："我又不想做皇帝正宫娘娘，进什么贡？你才要许愿心，巴不得一个人早早回来，一件事早早圆功！"

另外较远一株树上，一个老长工正爬下树来，搭口说："子树上厚皮大个头，好看不中吃。到了十二月都成绣花枕头，金镶玉，瓢子里同棉花絮差不多，干瘪瘪的。外面光，不成材！"

夭夭说："松富满满，你说的话有道理。可是我不信。我选好看的就好吃，你不信，我同你打赌试试看。"

长顺正将走过老伴那边去，听到夭夭的话语，回过头来说："夭夭，你赶场常看人赌博，人也学坏了。近来动不动就说要赌点什么。一个姑娘家，有什么可赌的？"

夭夭被爹教训后不以为意，一时回答不出，却咕叽咕叽的笑。过一会，看爹爹走过去远了，于是轻轻的说："辰溪县岩鹰洞有个聚宝盆，一条乌黑大蟒蛇守定洞门口，闲人免入，谁也进不去。我那一天爬到洞里去把它偷了来，想要什么就有什么。只要我会想，就一定有万千好东西从盆里取出来，金子银元宝满箱满柜，要多少有多少，还怕和你们打赌？"

另外一个嫂嫂说："聚宝盆又不是酱油罐，你那能得到？作算你有本领，当真得到了它，不会念咒语，盆还是空的，宝物不会来的！"

夭夭说："我先去齐梁桥齐梁洞，求老师父传诵咒语，给他磕一百零八个响头，拜他做师父，他会教给我念咒语。"

嫂嫂说："好容易的事！做徒弟要蹲在烧丹炉灶边，拿芭蕉扇煽三年火，不许动，不许眨眼睛，你个猴儿精做得到？"

老长工说："神仙可不要像夭夭这种人做徒弟。三脚猫，蹦蹦跳，翻了他的鼎灶，千年功行，化作飞灰。"

夭夭说："邪嗨，唐三藏取经大徒弟是什么人？花果山，水帘洞，猴子王，孙悟空！"

"可是那是一只真正有本领的猴子。"

"我也会爬树，爬得很高！"

"老师父又不要你偷人参果，会爬树有什么用？"

"我敢和你打赌。只要我去，他鉴定我一番志诚心，一定会收我做徒弟。"

"一定收？他才不一定！收了你头上戴个紧箍咒，咒语一念，你好受；当年齐天大圣也受不了，你受得了？"

"我们赌点什么看，随你赌什么。"

父亲在另外一株树下听到几个人说笑辩嘴，仰头对夭夭说："夭夭，你又要打赌，聚宝盆还得不到，拿什么东西输给人？我就敢和你打赌，我猜你得不到聚宝盆。且待明天得到了，带回家来看看，再和别人打赌并不迟！"

把大家都说笑了。各人都在树上高处笑着，摇动了树枝，这里那里都有赤红如火橘子从枝头下落。夭夭上到最高枝，有意摇晃得尤其厉害，掉落下的橘子也就分外多。照规矩掉下地的橘子已经受损，另外放在一处，留给家里人解渴，长顺一面捡拾树下的橘子，一面说：

"上回省里委员过路，说我们这里橘子像'摇钱树'。夭夭得不到聚宝盆，倒先上了摇钱树。"

夭夭说："爹爹，这水泡泡东西值什么钱？"

长顺说："货到地头死，这里不值钱，下河可值钱。听人说北京橘子五毛钱一个，上海一块钱两斤。真是树上长钱！若卖到这个价钱，我们今年就发大财了。"

"我们园里多的是，怎么不装两船到上海去卖？"

"夭夭，去上海有多远路，你知道不知道？两个月船还撑不到，一路上要有三百二十道税关，每道关上都有个稽查，伸手要钱，一得罪了他，就说，今天船不许开，要盘舱检查。我们有多少本钱作这种蠢事情。"

夭夭很认真的神气说："爹爹，那你就试装一船，带我到武昌去看看也好。我看什么人买它，怎么吃它，我总不相信！"

另外一个长工，对于省城里来的委员，印象不大好。以为这些事也是委员传述的，因此参加这个问题的讨论，说："委员的话信不得。他什么都不知道！他告我们说，'外国洋人吃的鸡不分公母，都是三斤半重，小了味道不鲜，大了肉老不中吃。'我告他'委员，我们村子里阉鸡十八斤重，越喂得久，越老、越肥、越好吃'。他说：'天下哪有这种事！'到后把我家一只十五斤大阉鸡捉上省里研究去了。他可不知道天下书本上没有的事，我吕家坪萝卜溪就有，一件一件的放在眼里，记在心上，委员那会知道。"

当家的长顺，想起烂泥地方人送萝卜到县城里去请赏，一村子人人都熟知的故事，哈哈大笑，走到自己田圃里看菜秧去了。

大嫂子待公公走远后，方敢开口说笑话，取笑夭夭说："夭姊，你六喜将来在洋学堂毕了业，回来也一定是个委员！"六喜是夭夭未婚夫的小名，现在省里第三中学读书，还是去年插的香。

老长工帮腔下去说："做了委员，那可不厉害！天下事心中一本册，无所不知。可就不知道我吕家坪事情。阉鸡有十七斤重，橘子卖两块钱一挑。"

夭夭的三黑嫂子也帮腔说笑话："为人有才学，一颗心七窍玲珑，自然凡事心中一本册！"

那大嫂子有意撩夭夭辩嘴，便说："嗨，一颗心子七窍玲珑，不算出奇。还有人心子十四个窍，夭姊你说是不是？"她指的正是夭夭，要夭夭回答。

夭夭说："我说不是！"

三黑嫂子为人忠厚老实，不明白话中意思，却老老实实询问夭夭，下省去时六喜到不到河上来看她。因为听人说上了洋学堂，人文明开通了，见面也不要紧。

夭夭对于这种询问明白是在作弄她，只装不曾听到，背过身去采摘橘子。橘子满筐后，便溜下树来倒进另外一个空笭里去。把事情作完时，在树下很认真似的叫大嫂说：

"大嫂大嫂，我问你话！"

大嫂子说："什么话？"

夭夭想了想，本待说嫂嫂进门时，哥哥不在家，家中用雄鸡代替哥哥拜堂圆亲的故事，取笑取笑。因为恰恰有个长工来到身边，所以便说："什么画、画喜鹊噪梅。"说完，自己笑着，走开了。

住对河坳上守祠堂的老水手，得到村子里人带来的口信，知道长顺家卖了一船橘子给镇上商会会长，今天下树，因此赶紧渡河过萝卜溪来帮忙。夭夭眼睛尖，大白狗眼睛更尖，老水手还刚过河，人在河坎边绿竹林外，那只狗就看准了，快乐而兴奋，远远的向老水手奔去。夭夭见大白狗飞奔而前，才注意到河坎边竹林子外的来人，因此也向那方面走去，在竹林前见老水手时，夭夭说："满满，你快来帮我们个忙！"

这句话含义本有两种，共同工作名为帮忙，橘子太多要人吃，照例也说帮忙。乡下人客气笑话，倒常常用在第二点。所以老水手回答夭夭说：

"我帮不了忙！夭夭。人老了，吃橘子不中用了。一吃橘子牙齿就发酸。烂甜杏子不推辞，一口气吃十来个，眼睛闭闭都不算好汉。"话虽如此说，老水手到了橘园里，把头上棕叶斗笠挂到扁担上后，即刻就参加摘橘子工作，一面上树一面告给他们，年青时如何和人赌吃狗矢柑，一口气吃二十四个，好像喝一坛子酸醋，全不在乎。人老来，只要想想牙龈也会发疼。

夭夭在老水手树边，仰着个小头："满满，我想要我爹装一船橘子到汉口去，顺便带我去，我要看看他们城里人吃橘子怎么下手。用刀子横切成两半，用个小机器挤出水来放在杯子里，再加糖加水吃，多好笑！他们怕什么？一定是怕橘子骨骨儿卡喉咙，咽下去从背上长橘子树！我不相信，要亲眼去看看。"

老水手说："这东西带到武昌去，会赔本的。关卡太多了，一路上税，一路打麻烦，你爹发不了财的。"

夭夭说："发什么财？不赔本就成了，我要看看他们是不是花一块钱买三四个橘子，当真是四个人合吃一个，一面吃一面还说：'好吃，好吃，真真补人补人！'我总不大相信！"

老水手把额纹皱成一道深沟，装作严肃却忍不住要笑笑。"他们城里人吃橘子，自然是这样子，和我们一块钱买两百个吃来不同！他们舍不得皮上经络，就告人说：'书上说这个化痰顺气'，到处是痰多气不顺的人，因此全都留下化痰顺气了。真要看，等明年六喜哥回来，带你到京城里三贝子花园去看。那里羊也吃橘子，大耳朵毛兔也吃橘子，补得精精神神。"

夭夭深怕人说到自己忌讳上去，所以有意挑眼："满满，你大清早就放快，鹿呀马呀牛黄八宝化痰顺气呀！三辈子五倍子，我不同你说了！"话一说完，就扬长走过爸爸身边看菜秧去了。

二姑娘却向老水手分疏："满满，你说的话犯夭夭一人忌讳，和我们不相干。"

长顺问夭夭："怎么不好好做事，又三脚猫似的到处跑跑跳跳？"

夭夭借故说："我要回家去看看早饭烧好了没有。满满来了，炖一壶酒，煎点干鱼，满满欢喜吃酒吃鱼！等等没有吃，爹爹你又要说我。"

夭夭走后，长顺回到了河下，招呼老水手。老水手说："大爷，我听人说你卖了一船橘子给会长，今天下船，我来帮忙。"

"有新闻没有？"当家的话中实有点说笑意思，因为村子里唯有老水手爱打听消息，新闻格外多，可是事实上这些新闻，照例又是并不值得大惊小怪的。因这点好事性情，老水手在当地熟人看来，也有趣多了。

老水手昨天到芦苇溪赶场，抱着"一定有事"的期望态度，到了场上。各处都走遍后，看看还是与平时一样，到处在赌咒发誓讲生意。除在赌场上见几个新来保安队副爷，狗扑羊殴打一个米经纪，其余真是凡事照常。因为被打的是个米经纪，平时专门剥削生意人，所以大家乐得看热闹袖手旁观。老水手预期的变故既不曾发生，不免小小失望。到后往狗肉摊边一坐，一口气就吃了一斤四两肥狗肉，半斤烧酒，脚下轻飘飘的，回转枫树坳。

将近祠堂边时，倒发现了一件新鲜事情。原来镇上烧瓦窑的刘聋子，不知带了什么人家的野娘儿们，在坳上树林里撒野，不提防老水手赶场回来的这样早，惊窜着跑了。

老水手正因为喝了半斤烧酒，血在大小管子里急急的流，兴致分外好。见两个人向山后拼命跑去时，就在后面大声嚷叫："烧瓦的，烧瓦的，你放下了你那瓦窑不管事，倒来到我这地方取风水，清天白日不怕羞，真正是岂有此理！你明天不到祠堂来挂个红，我一定要禀告团上，请人评评理！"可是烧瓦的刘老板，是镇上出名的聋子，老水手忘了聋子耳边响炸雷，等于不说。醉里的事今早上已忘怀了，不是长顺提及"新闻"，还不会想起它来。

老水手笑着说："大爷，没有别的新闻，我昨天赶芦苇溪的场，吃了点'汪汪叫'，喝了点'闷糊子'，腾云驾雾一般回来时，若带得有一面捉鹌鹑的摇网，一下子怕不捉到了一对'梁山伯祝英台'！这一对扁毛畜生，胆敢在我屋后边平地砌窠！"

身旁几个人听来，都以为老水手说的是雀鸟，不作意笑着。因为这种灰色长尾巴鸟类，多成对同飞同息，十分亲爱，乡下人传说是故事中"梁山伯祝英台"，生前婚姻不遂死后的化身。故事说来虽极其动人，这雀鸟样子声音可都平平常常。一身灰扑扑的杂毛，叫时只会呷呷呷，一面飞一面叫，毫无动人风格。捉来养在家中竹笼里，照例老不驯服，只会碰笼。本身既不美观，又无智慧或悦耳声音，实在没有什么用处。老秀才读了些旧书，却说这就是古书上说的"鸩鸟"，赶蛇过日子，土名"蛇呷雀儿"，羽毛浸在酒中即可毒人。因此这东西本地人通不欢喜它。

老水手于是又说笑："我还想捉来进贡，送给委员去，让委员见识见识！"

大家不明白老水手意思所在，老水手却因为这件事只有自己明白，极其得意，独自莞尔而笑。

一村子里人认为最重大的事情，政治方面是调换县长，军事方面是保安队移防，经济方面是下河桐油花纱价格涨落，除此以外，就俨然天下已更无要紧事情。老水手虽说并无新闻，一与橘子园主人谈话，总离不了上面三个题目。县长会办事，还得民心，一时不会改动。保安队有什么变故发生，多在事后方知道，事前照例不透消息。传说多，影响本地人也相当严重的，是与沿河人民生活关系密切的桐油。看老《申报》的，弄船的，号口上坐庄的，开榨油坊的，挖山的，无人不和桐油有点关连。这两个人于是把话引到桐油上来，长顺记起一件旧事来了。今年初就传说辰州府地方，快要成立一个新式油业公司，厂址设在对河，打量用机器榨油，机器熬炼油，机器装油，……总而言之一切都用机器。凡是原来油坊的老板、掌捶、管榨，烧火看锅

子，蒸料包料，以及一切杂项工人和拉石碾子的大黄牯牛，一律
取消资格，全用机器来代替。乡下人无知识，还以为这油业公司
一成立，一定是机器黄牛来作事，省城里派来办事的人，就只在
旁边抱着个膀子看西洋景。

这传说初初被水上人带到吕家坪时，原来开油坊的人即不
明白这对于他们事业有何不利，只觉得一切用机器，实在十分可
笑。从火车轮船电光灯，虽模糊意识到"机器"是个异常厉害的
东西。可是榨油种种问题，却不相信机器人和机器黄牛办得了。
因为蒸料要看火色，全凭二十年经验才不至于误事，决不是儿
戏。机器是铁打的，凭什么经验来作？本领谁教他？总之可笑处
比可怕处还多。传说难证实，从乡下人看来，倒正像是办机器油
坊的委员，明知前途困难，所以搁下了的。

长顺想起了这公司"旧事重提"的消息，就告给老水手说：

"前天我听会长说，辰州地方又要办那个机器油坊了。办成
功他们开张发财，我们这地方可该歪①，怕不有二三十处油坊，都
得关门大吉！"

老水手说："那怕什么？他们办不好的！"

"你怎么知道办不好？有五百万本钱，省里委员，军长，局

————————

① 该歪：倒霉。

长，都有股份。又有钱，又有势，还不容易办？"

"我算定他们办不好。做官的人那会办事？管事的想捞几个钱，打杂的也想捞几个钱，捞来捞去有多少？我问你。纵勉勉强强开办得成，机器能出油，我敢写包票，油全要不得。一定又脏又臭，水色不好，沉淀又多，还搀了些米汤，洋人不肯收买它，他们要赔本，关门。大爷你不用怕，让他们去试试看，不到黄河心不死，这些人能办什么事！成块银子丢到水里去，还起个大泡，丢到油里去，不会起泡，等于白丢。"

长顺摇摇头，对这官民争利事结果可不那么乐观。"他们有关上人通融，向下运还便利，又可定官价买油收桐子，手段很厉害！自己机器不出油，还可用官价来收买别家的油，贴个牌号充数，也不会关门！"老水手举起手来打了个响榧子："唉嗨，我的大爷，什么厉害不厉害？你不看辰溪县复兴煤矿，他们办得好办不好？他们办我们也办，一个'哀（挨）而不伤'。他们办不好的！"

"古人说，官不与民争利，有个道理。现在不同了，有利必争。"

说到这事话可长了。三十年前的官要面子，现在的官要面子也要一点……往年的官做得好，百姓出份子造德政碑万民伞送"青天"。现在的官做不好，还是要民众出份子登报。"登了报，不怕告"，告也不准账。把状纸送到专员衙门时，专员会说："你这糊涂乡下人，已经出名字登报，称扬德政，怎么又来禀告父母官？怕不是受人愚弄刁唆吧。"完事。官官相卫告不了，下次派公债时，凡禀帖上有名有姓的，必点名叫姓多出一百八十。你说捐不起，拿不出，委员会说："你上回请讼棍写禀帖到专员衙门控告父母官，又出得起钱！"不认捐，反抗中央功令，押下来，吊起骡子讲价钱，不怕你不肯出。

不过长顺是个老《申报》读者，目击身经近二十年的变，虽不大相信官，可相信国家。对于官永远怀着嫌恶敬畏之忧，对于国家不免有了一点儿"信仰"。这点信仰和他的家业性情相称，且和二十年来所得的社会经验相称。他有种单纯而诚实的信念，相信国家有了"老总"究竟好多了。国运和家运一样，一切事得慢慢来，慢慢的会好转的。

话既由油坊而起，老水手是个老《申报》间接读者，于是推己及人忖度着："我们那个老总，知不知道这里开油业公司的事情？我们为什么不登个报，让他从报上知道？他一定也看老《申报》。他还派人办《中央日报》，应当知道！"

长顺对于老水手想象离奇处皱了皱眉："他坐在南京城，不是顺风耳，千里眼，那知道我们乡下这些小事情。日本鬼子为北方特殊化，每天和他打麻烦，老《申报》就时常说起过。这是地方事件，中央管不着。"

说来话长，只好不谈。两人都向天空看了那么一眼。天上白云如新扯棉絮，在慢慢移动。河风吹来凉凉的。只听得有鹌鹑叫得很快乐，大约在河坎边茅草蓬里。

二姑娘在树上插嘴说话："满满明天你一早过河来，我们和夭夭上山闿鹌鹑去。夭夭大白狗好看不中用，我的小花子狗，你看它相貌看不出，身子一把柴瘦得可怜，神气萎琐琐的，在草窠里追扁毛畜生时，可风快！"

老水手说："上什么山，花果山？你要捉鹌鹑，和夭夭跟我到三里牌河洲上去，茅草蓬蓬里要多少！又不是捉来打架，要什么闿网？只带个捕鱼的撒手网去，向草窠中一网撒开去，就会有一二十只上手！我亲眼看过高村地方人捉鹌鹑，就用这个方法，捉了两挑到吕家坪来卖。高村人见了那么多鹌鹑，问他从什么地方得来的。说笑话是家里孵养的。"

长顺说："还有省事法子，芷江人捉鹌鹑，只把个细眼网张在草坪尽头，三四个人各点个火把，扛起个大竹枝，拍拍的打草，一面打一面叫：'姑姑姑，咯咯咯'，上百头鹌鹑都被赶向网上碰，一提就是百八十只，全不费事！"

二姑娘说："爹你怎么早不说，好让我们试试看？"又说，"那好极了，我们明天就到河洲上去试试，有灵有验，会捉上一担鹌鹑！"

老水手说："这不出奇，还有人在河里捉鹌鹑！一面打鱼一面捉那个扁毛畜生。"

提起打鱼，几个人不知不觉又把话题转到河下去，老水手正想说起那个蛤蟆变鹌鹑的荒唐传说，话不曾开口。

夭夭从家中跑了来，远远的站在一个土堆子上，拍手高声叫喊：

"吃饭了！吃饭了！菜都摆好了，你们快快来！"

最先跑回去的是那只大白狗，几个小孩子。

老水手到得饭桌边时，看看桌上的早饭菜，不特有干鱼，还有鲜鱼烧豆腐，红虾米炒韭菜。老水手说笑话：

"夭夭你家里临河，凡是水里生长的东西，全上了桌子，只差水爬虫不上桌子。"

站在桌边分配碗筷的夭夭，带笑说："满满，还有咧，你等等看吧。"说后就回到厨房里去了。一会儿捧出一大钵子汤菜来，热气腾腾。仔细看看，原来是一钵田螺肉煮酸白菜，夭夭很快乐的向老水手说："满满你信不信，大水爬虫也快上桌子了？"

说得大家笑个不止。吃过饭后一家人依然去园里摘橘子，长顺却邀老水手向金沙溪走，到溪头去看新堰坝。堰坝上安了个小小鱼梁，水已下落，正有个工人蹲在岸边破篾条子修补鱼梁上的棚架。到秋天来溪水下落，堰坝中多只蓄水一半，水碾子转动慢了许多，水车声虽然还咿咿哑哑，可是也似乎疲倦了，只想休息神气。有的已停了工，车盘上水闸上粘挂了些水苔，都已枯绵绵的，被日光漂成白色。扇把鸟还坐在水车边石堤坎上翘起扇子形尾巴唱歌，石头上留下许多干白鸟粪。在水碾坊石墙上的薜荔，叶子红红绿绿。碾坊头的葵花，已经只剩下个乌黑干子，在风中斜斜弯弯的，再不像往时斗大黄花迎阳光扭着颈子那种光鲜。一切都说明这个秋天快要去尽了，冬天行将到来。

两个人沿溪看了四座碾坊，方从堰坝上迈过对溪，抄捷径翻小山头回橘子园。

到午后，已摘了三晒谷簟橘子。老水手要到镇上去望望，长顺就托他带个口信，告会长一声，问他什么时候来过秤装运。因为照本地规矩，做买卖各有一把秤，一到分量上有争持时，各人便都说："凭天赌咒，自己秤是官秤，很合规矩。大斗小秤不得天保佑。"若发生了纠纷，上庙去盟神明心时，还必需用一只雄鸡，在神座前咬下鸡头各吃一杯血酒，神方能作见证。这两亲家自然不会闹出这种纠葛，因此橘子园主人说笑话，嘱咐老水手说：

"大爷，你帮我去告会长，不要扛二十四两大秤来，免得上庙明心，又要捉我一只公鸡！"

老水手说："那可免不了。谁不知道会长号上的大秤。你怕上当，上好是不卖把他！"老水手说的原同样是一句笑话。

大帮船拢码头时^①

　　老水手到了吕家坪镇上，向商会会长转达橘子园主人的话语，在会长家同样听到了下面在调兵遣将的消息。这些消息和他自己先前那些古古怪怪的猜想混成一片时，他于是便好像一个"学者"，在一种纯粹抽象思考上，弄得有点神气不舒，脊梁骨被问题压得弯弯的，预备沿河边走回坳上去。在正街上看见许多扛了被盖卷的水手，知道河下必到了两帮货船，一定还可从那些船老板和水手方面，打听出一些下河新闻。他还希望听到些新闻，明天可过河到长顺家去报告。

　　河下二码头果然已拢了一帮船，大小共三十四只，分成好几个帮口停泊到河中。河水落了，水浅船只难靠码头，都用跳板搭上岸。有一部分船只还未完毕它的水程，明后天又得开头上行，

---

① 本篇收入1945年文聚版《长河》单行本前，曾在1938年10月6日至10月10日香港《星岛日报·星座》副刊上发表，连载序号39~43，署名沈从文。又，经修改，曾在1942年9月15日《文学创作》第1卷第1期创刊号上发表，篇名为"大帮船拢码头时"。署名沈从文。

这种船高桅上照例还悬挂一堆纤带。有些船已终毕了它行程的，多半在准备落地起货。稽查局关上办事人，多拿了个长长的铁签子，从这只船跳过那只船，十分忙碌。这种船只必然已下了桅，推了篷，一看也可明白。还有些船得在这个码头上盘载，减少些货物，以便上行省事的。许多水手都在河滩上笑嘻嘻的和街上妇女谈天，一面剥橘子吃一面说话。或者从麂皮抱兜里掏摸礼物，一瓶雪花膏，一盒兰花粉，一颗镀金戒指，这样或那样。掏出的是这个水手的血汗，还是那颗心，接受礼物的似乎通通不曾注意到。有些水手又坐在大石头上编排草鞋，或蹲在河坎上吸旱烟，寂寞和从容平分，另是一种神情。

有些船后梢正燃起湿栗柴，水手就长流水淘米煮饭，把砂罐贮半罐子红糙米，向水中骨毒一闷。另外一些人便忙着掐葱剥蒜，准备用拢岸刀头肉炒豆腐干作晚饭菜。

搭上行船的客人，这时多换上干净衣服，上街去看市面，不上岸的却穿着短汗衫，叉手站在船尾船头，口衔纸烟，洒洒脱脱，欣赏午后江村景色。或下船在河滩上橘子堆边，把拣好的橘子摆成一小堆，要乡下人估价钱，笑眯眯的做交易。说不定正想起大码头四人同吃一枚橘子的情形，如今却俨然到了橘子园，两相对照，未免好笑。说不定想到的又只是些比这事还小的事情。

　　长街上许多小孩子，知道大帮船已拢岸，都提了小小篮子，来卖棒棒糖和小芝麻饼，在各个船上兜生意，从这只船跳过那只船，一面进行生意，一面和同伴骂骂野话取乐。

　　河下顿时显得热闹而有生气起来，好像有点乱，一种逢场过节情形中不可免的纷乱。

　　老水手沿河走去，瞪着双小眼睛，一只一只船加以检查。凡是本镇上或附近不多远的船主和水手，认识的都打了个招呼，且和年青人照例说两句笑话。不是问他们这次下常德见过了几条"火龙船"，上醉仙楼吃过几碗"羊肉面"；就是逗他们在桃源县玩过了几次"三只角"，进过几回"桃源洞"！遇到一个胖胖的水手，是吕家坪镇上做裁缝李生福的大儿子，老水手于是在船跳板边停顿下来，向那小伙子打招呼。

　　"大肉官官，我以为你一到洞庭湖，就会把这只'水上飘'压沉，湖中的肥江猪早吃掉了你，怎么你又回来了？好个大命！"

　　那小伙子和一切胖人脾气相似，原是个乐天派，天生憨憨的，笑嘻嘻的回答说："伯伯，我们这只船结实，压不沉的！上次放船下常德府，船上除了我，还装上十二桶水银，我也以为会压到洞庭湖心里去见龙王爷，不会再回来的。所以船到桃源县时，就把几个钱全输光了。我到后江去和三个小婊子打了一夜

牌，先是我一个人赢，赢到三个婊子都上不了庄。时候早，还不
过半夜，不好意思下船，就借她们钱再玩下去，谁料三个小婊子
把我当城隍菩萨，商量好了抬我的轿子，三轮庄把我弄得个罄、
净、干。她们看我钱已经输光后，就说天气早，夜深长，过夜太
累了，明天恐爬不起来，还是歇歇吧。一个一个打起哈欠来了，
好像当真要睡觉样子。好无心肝的婊子！干铺也不让搭，要我回
船上睡。输得我只剩一根裤带，一条黄瓜，到了省里时，什么都
买不成。船又好好的回来了。伯伯，你想想我好晦气！一定是不
小心在妇人家晒裤子竹杆下穿过，头上招了一下那个。"

老水手笑得弯着腰。"好，好，好，你倒会快乐！你身子那
么大，婊子不怕你？"

"桃源县后江娘儿们，什么大仗火不见过，还怕我！她们怕
什么？水牛也不怕！"

"可是省里来的副爷，关门撒野，完事后拉开房门就跑了。
她们招架不住。"

"那又当别论。伯伯，你我谁不怕？"

老水手说："凡事总有理字，三头六臂的人也得讲个道
理。"老水手想起新生活，话转了弯，"肥坨坨，我问你，可见
过新生活？你在常德可被罚立正？"

"见过见过。不多不少罚过三回，有回还是个女学生，她

说：'划船的，你走路怎么不讲规矩？这不成的！'我笑笑的问她'先生，什么是规矩？'因为我笑，她就罚我。站在一个商货铺屋檐口，不许走动。我看了好一会铺子里腊肉腊鱼，害得我口馋心馋！"

"这有什么好处？"

"将来好齐心打鬼子，打鬼子不是笑话！"

"听人说兵向上面调，打什么鬼子？鬼子难道在我们湘西？"

"那可不明白！"

既不明白，自然就再会。老水手又走过去一点，碰着一个"拦头"水手，萝卜溪住家的人。这水手长得同一根竹篙子一般，名叫"长寿"。其时正和另外一个水手在河滩上估猜橘子瓣数赌小输赢。老水手走近身时招呼他说：

"长寿，你不是月前才下去？怎么你这根竹篙子一撇又回来了？"

长寿说："我到辰州府就打了转身。"

"长顺家三黑子，他老子等他船回来，好装橘子下省办皮货！他到了常德不到？"

"不知道，这要问朱家冒冒，他们在辰州同一帮船，同一湾泊到上南门，一路吹哨子去上西关福音堂看耶稣，听牧师说天话。"又引了两句谚语：耶稣爱我白白脸，我爱耶稣大洋钱；可不是！

"洪发油号的油船？"

"我不看见。"

"榷运局的盐船？"

"也不看见。"

老水手不由得喈了起来，做成相信不过的神气："咄，长寿，长寿，你这个人眼眶子好大，一只下水船面对面也看不明白。你是整天看水鸭子打架，还是眼睛落了个毛毛虫，不关事？"

那水手因为手气不大好，赌输了好些钱，正想扳本，被老水手打岔，有点上火，于是也喈了起来："咄，伯伯，你真是，年青人眼睛，看女人才在行！要看船，满河都是船，看得了多少！又不是女人的……"

"你是拦头管事！"

"我拦头应当看水，和水里石头；抬起头来就看天，有不有云，刮不刮风，好转篷挂脚。谁当心看油船盐船？又不是家里婆娘等待油盐下锅炒菜！"

老水手见话不接头，于是再迈步走去。在一只三舱船前面，遇着一个老伴，一个在沅水流域驾了三十年船的船主，正在船头督促水手起货物上岸。一见老水手就大声喊叫：

"老伙计，来，来，来，到这里来！打灯笼火把也找不到你！同我来喝一杯，我炖得有个稀烂大猪头。你忙？"

老水手走近船边笑笑的："我忙什么？我是个鹞子风筝，满天飞，无事忙。白天帮萝卜溪长顺大爷下了半天橘子，回镇上来看看会长，听说船拢了，又下河来看看船。我就那么无事忙。你这船真快，怎么老早就回来了？"

"回来装橘子的！赶装一船橘子下去，换鱿鱼海带赶回来过年。今年我们这里橘子好，装到汉口抢生意，有钱赚。"

"那我也跟你过汉口去。"老水手说笑话，可是却当真上了船。从船舷阳桥边走过尾梢去，为的是尾梢空阔四不当路，并且火舱中砂锅里正闷着那个猪头，热气腾腾，香味四溢，不免引人口馋。

船主跟过后梢来："老伙计，下面近来都变了，都不同了，当真下去看看吧。街道放得宽宽的，走路再不会手拐子撞你撞我。大街上人走路都挺起胸脯，好像见人就要打架神气。学生也厉害，放学天都拿了木棍子在街上站岗，十来丈远一个，对人说：走左边，走左边，——大家向左边走，不是左倾了吗？"末尾一句话自然是笑话，船主一面说一面就自己先笑起来。

"那里的话。"

"老伙计，那里画？壁上挂，唐伯虎①画的。这事你不信，人家还亲眼见过！辫子全剪了，说要卫生，省时间梳洗，好读书。谁知读的是什么书，一讲究卫生，连裤子也不穿。都说是当真的，我不大信！"

老水手是个老《申报》间接读者，用耳朵从会长一类人口中读消息，所以比船主似乎开通一点，不大相信船主说的女学生的笑话。老水手关心新生活，又问了些小问题，答复还是不能使人满意。后来又谈起中国和日本开战问题，那船主却比老水手知道更少，所以省上调动保安队，船主就毫不明白是什么事情。

可是皇天不负苦心人，关心这问题的老水手，过不久，就当真比吕家坪镇上人知道的都多了。

辰河货船在沅水中行驶，照规矩各有帮口，也就各有码头，不相混杂。但船到辰河以后，因为码头小，不便停泊，就不免有点各凭机会抢先意思，谁先到谁就拣好处靠岸。本来成帮的船，虽还保留一点大河中老规矩，孤单船只和装有公事上人的船只，就不那么拘谨了。这货船旁有一只小船，拔了锚，撑到上游一点去后，空处就补上了一只小客船，船头上站了个穿灰哗叽短夹袄的中年人，看样子不是县里承市官，就是专员公署的秘书科长。

---

① 唐伯虎：唐寅，字伯虎，明代画家、文学家。

小差船十来天都和这只商船泊在一处，一同开头又一同靠岸。船主已和那客人相熟，两船相靠泊定后，船主正和老水手蹲在舱板上放杯筷准备喝酒。船主见到那个人，就说："先生，过来喝一杯，今天酒好！是我们镇上著名的红毛烧，进过贡的，来试试看。"

那人说："老板，你船到地了。这地方橘子真好，一年有多少出息！"

"不什么好，东西多，不值钱！"旋又把筷子指定老水手鼻子，"我们这位老伙计住在这里，天上地下什么都知道。吕家坪的事情，心中一本册。"

听到这个介绍时，老水手不免有点儿忸怩。既有了攀谈机会，便隔船和那客人谈天，从橘子产量价值到保安队。饭菜排好时，船主重新殷勤招呼请客人过来喝两杯酒。客人却情不过，只得走过船来，大家蹲在后舱光溜溜的船板上，对起杯来。

原来客人是个中学教员，说起近年来地方的气运，客人因为多喝了一杯酒，话也就多了一点，客人说：

"这事是一定的！你们地方五年前归那个本地老总负责时，究竟是自己家边人，要几个钱也有限。钱要够了，自然就想做做事。可是面子不能让一个人占。省里怕他得人心，势力一大，将来管不了，主席也怕坐不稳。所以派两师人上来，逼他交出兵权，下野不问事。不肯下野就要打。如果当时真的打起来，还不知是谁的天下。本地年青军官都说要打也成，见个胜败很好。可是你们老总不怕主席怕中央，不怕人怕法；怕国法和军法。以为不应当和委员长为难，是非总有个公道！就下了野，一个人坐车子跑下省里去做委员，军队事不再过问。因此军队编的编，调的调，不久就完事了。再不久，保安队就来了。主席想把保安队拿在手里，不让它成为单独势力，想出个绝妙办法，老是把营长团长这里那里各处调，部队也这里那里各处调，上下通通不大熟习，官长对部下不熟习，部队对地方不熟习，好倒有好处，从此一来地方势力果然都消灭了，新势力决不会再起，省里做事方便了万千。只是主席方便民众未必方便。保安队变成了随时调动的东西，他们只准备上路，从不准备打匪。到任何地方驻防，事实上就只是驻防，负不了责。纵有好官长，什么都不熟习，有的连自己的兵还不熟习，如何负责？因此养成一个不大负责的习气，……离开妻室儿女出远门，不为几个钱为什么？找了钱，好走路！"

老水手觉得不大可信，插嘴说："这事情怎么没有传到南京去呢？"

那人说："我的老伙计，委员长一天忙到晚，头发都忙白了，一天有多少公文要办，多少客要见，管得到这芝麻大事情？

现在又预备打日本，事情更多了。"

　　船长说："这里那人既下野了，兵也听说调过宁波奉化去了，怎么省里还调兵上来？又要大杀苗人了吗？苗人不造反，也杀够了！"

　　"老舵把子，这个你应当比我们外省人知道得多一些！"客人似乎有了点醉意，话说得更亲昵放肆了些。这人民国十八年在长沙过了一阵热闹日子，昏头昏脑的做了些糊涂事。忽然又冷下来，不声不响教了六年中学。谁也不知道他过去是什么人，把日子过下来，看了六七年省城的报，听了六七年本地的故事。这时节被吕家坪的烧酒把一点积压全挤出来了。"老伙计，你不知道吧？我倒知道啊！你只知道划船，掌舵，拉纤，到常德府去找花姑娘打炮，把板带里几个钱掏空，就完事了。那知道世界上玩意儿多咧。……"

　　（被中央宣传部删去一大段）①

　　到老水手仿佛把事情弄明白，点头微笑时，那客人业已被烧酒醉得糊糊涂涂快要唱歌了。

　　老水手轻轻的对船主说："掌舵的，真是这样子，我们这地方会要遭殃，不久又要乱起来的，又有枪，又有人，又有后面撑

―――――――

① 此句为原书所有。

腰的，怎么不乱？"

船主不作声，把头乱摇，他不大相信。事实上他也有点醉了。

天已垂暮，邻近各船上到处是炒菜落锅的声音，和辣子大蒜气味。且有在船上猜拳，八马五魁大叫大喊的。晚来停靠的船，在河中用有倒钩的探篙抓住别的船尾靠拢时，篙声水声人语声混成一片。河面光景十分热闹。夜云已成一片紫色，映在水面上，渡船口前人船都笼罩在那个紫光中。平静宽阔的河面，有翠鸟水鸡接翅掠水向微茫烟浦里飞去。老水手看看身边客人和舵把子，已经完全被烧酒降伏。天夜了，忙匆匆的扒了一大碗红米饭，吃了几片肥烂烂的猪头肉，上了岸鲇鱼似的溜了。

他带了点轻微的酒意，重新上正街，向会长家中走去。

会长正来客人，刚点上那盏老虎牌汽油灯，照得一屋子亮堂堂的。但见香烟笼罩中，长衣短衣坐了十来位，不是要开会就是要打牌。老水手明白自己身份，不惯和要人说话，因此转身又向茶馆走去。

货船到得多，水手有的回了家，和家中人围在矮桌边说笑吃喝去了。有的是麻阳县的船，还不曾完毕长途，明天又得赶路，却照老规矩，"船到吕家坪可以和个妇人口对口做点糊涂事"，就上岸找对手消消火气。有的又因为在船上赌天九，手气好，弄了几个，抱兜中洋钱钞票胀鼓鼓的，非上岸活动活动不可，也得上岸取乐，请同伙水手吃面，再到一个妇人家去烧荤烟吃。既有两三百水手一大堆钱在松动，河下一条长街到了晚上，自然更见得活泼热闹起来。到处感情都在发酵，笑语和嚷骂混成一片。茶馆中更嘈杂万状。有退伍兵士和水手，坐在临街长条凳上玩月琴，用竹拨子弄得四条弦绷琮绷琮响。还风流自赏提高喉咙学女人嗓子唱小曲，花月逢春，四季相思，万喜良孟姜女长城边会面，一面唱曲子，一面便将眼角瞟觑对街黑腰门（门里正有个大黑眼长辫子船主黄花女儿），妄想凤求凰，从琴声入手。

小船主好客喜应酬，还特意拉了船上的客人，和押货管事，上馆子吃肉饺饵，在"满堂红"灯光下从麂皮抱兜掏出大把钞票来争着会钞，再上茶馆喝茶，听渔鼓道情。客人兴致豪，必还得陪往野娘儿们住的边街吊脚楼上，找两个眉眼利落点的年青妇人，来陪客靠灯，烧两盒烟，逗逗小婊子取乐。船主必在小婊子面前，随便给客人加个官衔，参谋或营长，司令或处长，再不然就是大经理，大管事；且照例说是家里无人照应，正要挑选一房亲事，不必摩登，只要人"忠厚富态"就成，借此扇起小妇人一点妄念和痴心，从手脚上沾点便宜。再坐坐，留下一块八毛钱，却笑着一股烟走了。副爷们见船帮拢了岸，记起尽保安职务，特别多派了几个弟兄查夜，点验小客店巡环簿，盘问不相干住客姓名来去。更重要的是另外一些不在其位非军非警亦军亦警的人物，在巡查过后，来公平交易，一张桌子收取五元放赌桌子钱。

至于本地妇人，或事实上在经营最古职业，或兴趣上和水上人有点交亲缘分，在这个夜里自然更话多事多，见得十分忙碌，还债收账一类事情，必包含了物质和精神两方面。眼泪与悦乐杂糅，也有唱，也有笑，且有恩怨纠缠，在鼻涕眼泪中盟神发誓，参加这个小小世界的活动。

老水手在一个相熟的本地舵把子茶桌边坐下来，一面喝茶一面观察情形。见凡事照常，如历来大帮船到码头时一样。即坐在上首那几个副爷，也都很静心似的听着那浪荡子弹月琴，梦想万喜良和孟姜女在白骨如麻长城边相会唱歌光景，脸样都似乎痴痴的，别无征兆，显示出对这地方明日情形变化的忧心。简直是毫无所思，毫无所虑，老水手因之代为心中打算，即如何捞几个小小横财，打颗金戒指，镶颗金牙齿。

老水手心中有点不平，坐了一会儿，和那船主谈了些闲天，就拔脚走了。他也并不走远，只转到隔壁一个相熟人家去，看船上人打跑付子字牌，且看悬在牌桌正中屋梁下那个火苗长长的油灯，上面虫蛾飞来飞去，站在人家身后，不知不觉看了半天。吕家坪市镇到坳上，虽有将近三里路，老水手同匹老马一样，腿边生眼睛，天上一抹黑，摸夜路回家也不会摔到河里去。九月中天上星子多，明河在空中画一道长长的白线，自然更不碍事了。因此回去时火把也不拿，洒脚洒手的。回坳上出街口得走保安队驻防处伏波宫前面经过，一个身大胆量小的守哨弟兄在黑暗中大声喊道："口令！"

老水手猛不防有这一着洋玩意儿，于是干声嚷着："老百姓。"

"什么老百姓？半夜三更到那里去！不许动。"

"枫树坳坐坳守祠堂的老百姓，我回家里去！"

"不许通过。"

"不许走，那我从下边河滩上绕路走。人家要回家睡觉的！"

"怎么不打个灯？"

"天上有星子，有万千个灯！"

那哨兵直到这时节似乎方抬头仔细看看，果然蓝穹中挂上一天星子。且从老水手口音中，辨明白是个老伙计，不值得认真了。可是自己转不过口来，还是不成，说说官话。

"你得拿个火把，不然深更半夜，谁知道你是豺狼虎豹，正人君子？"

"我的副爷，住了这地方三十年，什么还不熟习？我到会长那边去有点事情，所以回来就晚了。包涵包涵！"

话说来说去，口气上已表示不妨通融了，老水手于是依然一直向前走去。老水手从口音上知道这副爷是家边人，好说话，因此走近身时就问他：

"副爷，今天戒严吗？还不到三更天，早哩。"

"船来得多，队长怕有歹人，下命令戒严。"

"官长不是在会长家里吃酒吗？三山五岳，客人很多！"

"在上码头税关王局长那边打牌！"

"打牌吃酒好在是一样的。我还以为在会长家里！天杀黑时我看见好些人在那边，简直是群英大会……"

"吃过酒，就到王局长那边打牌去了。"

"局长他们倒成天有酒喝，有牌打。"

"命里八字好，做官！"口中虽那么说，却并无羡慕意思，语气中好像还带着一点诅咒。"娘个东西，升官发财，做舅子！"

又好像这个不满意情绪，已被老水手察觉，便认清了自己责任，陡的大吼一声："走，赶快走！不走我把你当奸细。"把老水手喉开后，自己也就安全了。

老水手觉得关于这个弟兄的意见，竟比在河下船上听那中学教员表示的意见明白多了。他心里想："慢慢的来吧，慢慢的看吧，舅子，'豆子豆子，和尚是我舅子；枣子枣子，我是和尚老

子'。你们等着吧。有一天你看老子的厉害！"他好像已预先看
到了些什么事情，即属于这地方明日的命运。可是究是些什么，
他可说不出，也并不真正明白。

到得坳上时，看看对河萝卜溪一带，半包裹在夜雾中，如已
沉睡，只剩下几点儿摇曳不定灯光在丛树薄林间。河下也有几点
灯光微微闪动。滩水在静夜里很响。更远处大山，有一片野烧，
延展移动，忽明忽灭。老水手站在祠堂阶砌上，自言自语的说：

"好风水，龙脉走了！要来的你尽管来，我姓滕的什么都
不怕！"

（有删节）

买橘子①

保安队队长带了一个尖鼻小眼烟容满面的师爷，到萝卜溪来找橘子园主人滕长顺，办交涉打商量买一船橘子。长顺把客人欢迎到正厅堂屋②坐定后，赶忙拿烟倒茶。队长自以为是个军人，凡事豪爽直率，开门见山就说：

"大老板，无事不登三宝殿，我是有点小事特意来这里的。我想和你办个小交涉。我听人说你家橘子园今年橘子格外好，又大又甜，我来买橘子。"

长顺听说还以为是一句笑话，就笑起来。

"队长要吃橘子，我叫人挑几担去解渴，那用钱买！"

"喔，那不成。我听会长说，买了你一船橘子，庄头又大，味道又好，比什么'三七四'外国货还好。带下省去送人，顶刮

① 本篇收入1945年文聚版《长河》单行本前，曾在1938年10月10日至10月17日香港《星岛日报·星座》副刊上发表，连载序号43~50。署名沈从文。篇名《买橘子》为收入单行本时所拟。

② 堂屋：正房居中的一间，泛指正房。

刮。我也要买一船带下省去送礼。我们先小人后君子，得说个明白，橘子不白要你的，值多少钱我出多少。你只留心选好的，大的，同会长那橘子一样的。"

长顺明白来意后，有点犯难起来，答应拒绝都不好启齿。只搓着两只有毛大手笑，因为这事似乎有点蹊跷，像个机关布景，不大近情理。过了一会儿才说：

"队长要橘子送礼吗？要一船装下去送礼吗？"

"是的。货要好的，我把你钱，不白要你的！"

"很好，很好，我就要他们摘一船——要多大一船？"

"同会长那船一样大，一样多。要好的，甜的，整庄的，我好带到省里去送人。送军长，厅长，有好多人要送，这是面子上事情。……"

长顺这一来可哽住了。不免有点滞滞疑疑，微笑虽依然还挂在脸上，但笑中那种乡下人吃闷盆不甘心的憨气，也现出来了。

同来师爷是个"智多星"，这一着棋本是师爷指点队长走的。以为长官自己下乡买橘子，长顺必不好意思接钱。得到了橘子，再借名义封一只船向下运，办件公文说是"差船"，派个特务长押运，作为送省主席的礼物，沿路就不用上税。到了常德码头时，带三两挑过长沙送礼，剩下百分之九十，都可就地找主顾脱手，如此一来，怕不可以净捞个千把块钱，那有这样上算的事不做？如今办交涉时，见橘子园主人一起始似乎就已看穿他们的来意，不大好办。因此当作长顺听不懂队长话语，语言有隔阂，他来从旁解释："滕大老板，你照会长那个装一船，就好了。你橘子不卖难道留在家里吃？你想想。"

可是会长是干亲家，半送半买，还拿了两百块钱。而且真的是带下省去送亲戚，这礼物也就等于有一半是自己做人情。队长可非亲非故，并且照平时派头说来，不是肯拿两百块钱买橘子送礼物的人，要一船橘子有什么用处？因此长顺口上虽说很好很好，心中终不免踌躇，猜详不出是什么意思来。也是合当出事，有心无意，这个乡下人不知不觉又把话说回了头：

"队长你要橘子送人，我叫人明天挑十担去。"

队长从话中已听出支吾处，有点不乐意，声音重重的说："我要买你一船橘子，好带下去送礼！你究竟卖不卖？"

长顺也作成"听明白了"神气，随口而问："卖，卖，卖，是要大船？小船？"

"要会长那么大一船，货也要一样的。"

"好的，好的，好的。"

在一连三个好的之中，队长从橘子园主人口气里，探出了惑疑神气，好像把惑疑已完全证实后，便用"碰鬼，拿一船橘子下省里去发财吧"那么态度答应下来的。队长要一船橘子的本意，原是借故送礼，好发一笔小财，如今以为橘子园主人业已完全猜中机关，光棍心多，不免因羞成恼，有点气愤。只是俗话说，"伸手不打笑脸人"，主人既答应了下来，很显然纵非出自心愿，也得上套。因此，一时不便发作，只加强语调说：

"大老板，我是出钱买你的橘子！你要多少钱我出多少，不是白要你橘子的！"

同来那个师爷鬼伶精，恐怕交涉办不成，自己好处也没有了。就此在旁边打圆成，提点长顺，语气中也不免有一点儿带哄带吓。"滕老板，你听我说，你橘子是树上长的，熟了好坏要卖给人，是不是？队长出钱买，你难道不卖？预备卖，那不用说了，明天找人下树就是。别的话语全是多余的。我们还有公事，不能在这里和你磨牙巴骨！"

长顺忙赔笑脸说："不是那么说，师爷你是明白人，有人出钱买我的橘子，我能说不卖？我意思是本地橘子不值钱，队长要送礼，可不用买，不必破费，我叫人挑十担去。今年橘子结得多，队长带弟兄到我们这小地方来保卫治安，千辛万苦，吃几个橘子，还好意思接钱？这点小意思也要钱，我姓滕的还像个人吗？只看什么时候要，告我个日子，我一定照办。"

因为说的还是"几挑"，和那个"一船"距离太远，队长怪不舒服，装成大不高兴毫不领情神气，眼不瞧长顺，对着堂屋外大院坝一对白公鸡说："那一个白要你乡下人的橘子？现钱买现货，你要多少我出多少。只帮我赶快从树上摘下来。我要一船，和会长一样，……会长花多少我也照出，一是一，二是二。……"话说完，队长站起身来，把眉毛皱皱，意思像要说："我是个军人，作风简单痛快。我要的你得照办。不许疑心，不许说办不了。不照办，你小心，可莫后悔不迭！"斜眼知会了一下同来的师爷，就昂着个头顾自扬长走了。到院子心踏中一泡鸡屎，赶上去踢了那白鸡一脚，"你个畜生，不识好歹，害我！"

长顺觉得简直是被骂了，气得许久开口不得。因为二十年来内战，这人在水上，在地面，看见过多少希奇古怪的事情，可是总还不像今天这个人那么神气活灵活现，而且不大讲理。

那丑角一般师爷有意留在后边一点，唯恐事情弄僵，回过头来向长顺说：

"滕老板，你这人，真是个在石板上一跌两节的人，吃生米饭长大生硬硬的，太不懂事！队长爱面子，兴兴头头跑到你乡下来买橘子，你倒拿羊起来了；'有钱难买不卖货'，怎么不卖？我问你，是个什么主意！"

长顺说："我的哥，我怎么好说不卖？他要一船橘子，一千八百担，算是一船，三百两百挑，也是一船。装一船橘子送人，可送得了？"

师爷愣着那双鼠眼说："嗨，你这个人。你管他送得了送不了？送不了让它烂去，生蛆发霉，也不用你操心，他出钱你卖货，不是就了事？他送人也好，让它烂掉也好，你管不着。你只为他装满一只'水上飘'，还问什么？你惹他生了气，他是个武人，说得出，做得到，真派人来砍了你的橘子树，你难道还到南京大理院去告他？"

这师爷以为如此一说，长顺自会央求他转弯，因此站着不动。却见长顺不做声，好像在玩味他的辞令，并无结果，自觉没趣，因此学戏文上丑角毛延寿神气，三尾子似的甩甩后衣角，表示"这事从此不再相干"，跟着队长身后走了。

两人本来一股豪劲下萝卜溪，以为事情不费力即可成功。现在僵了，大话已说出口，收不回来，十分生气。出了滕家大门，走到橘子园边，想沿河走回去，看看河边景致，散散闷气。侧屋空坪子里，正遇着橘子园主人女儿夭夭，在太阳下晒刺莓果，头上搭了一块扣花首帕，辫子头扎一朵红茶花。其时正低着头一面随意唱唱，一面用竹扒子翻扒那晒簟上的带刺小果子。身边两只狗见了生人就吠起来。夭夭抬起头时，见是两个军官，忙喝住狗，举起竹扒在狗头上打了一下，把狗打走了。还以为两人是从橘园穿过，要到河边玩的，故不理会，依然作自己的事。

队长平时就常听人提起长顺两个女儿，小的黑而俏。在场头上虽见过几回，印象中不过是一朵平常野花罢了。队长是省里中学念过书的人，见过场面，和烫了头发于指甲涂红胶的交际花恋爱时，写情书必用"红叶笺"，"爬客"自来水笔。凡事浸透了时髦精神，所以对乡下女子便有点瞧不上眼。这次倒因为气愤，心中存着三分好奇，三分恶意，想逗逗这女子开开心，因此故意走过去和夭夭攀话，问夭夭簟子里晒的是什么东西。且随手刁起一枚刺莓来放在鼻边闻闻。"好香！这是什么东西？奇怪得很！"

夭夭头也不抬，轻声的说："刺莓。"

"刺莓有什么用？"

"泡药酒消痰化气。"

"你一个姑娘家，有什么痰和气要消化？"

"上年纪的人吃它！"

"这东西吃得？我不相信。恐怕是毒药吧。我不信。"

"不信就不要相信。"

"一定是放蛊的毒药。你们湘西人都会放蛊，我知道的！一吃下肚里去，就会生虫中蛊，把肠子咬断，好厉害！"

其时那个师爷正弯下身去拾起一个顶大的半红的刺莓，作成要生吃下去的神气。却并不当真就吃。队长好像很为他同伴冒险而担心："师爷，小心点，不要中毒，回去打麻烦。中了毒要灌粪清才会吐出来的！说不得还派人来讨大便讲人情，多费事！"

师爷也作成差点儿上当神气："啊呀危险。"

夭夭为两个外乡人的言行可笑，抿嘴笑笑，很天真的转过身抬起头来，看了看两个外乡人。"你们城里人什么都不知道。不相信，要你信。"随手拾起一个透熟过了黄中带红的果子，咬去了蒂和尖刺，往口里一送，就嚼起来了。果汁吮尽后，哺的一下把渣滓远远吐去，对着两个军人："甜蜜蜜的，好吃的，不会毒死你！"

那师爷装作先不明白，一经指点方了然觉悟样子，就同样把一个生涩小果子抛入口里，嚼了两下，却皱起眉把个小头不住的摇。

'好涩口，好酸！队长，你吃试试看。这是什么玩意儿，——人参果吧？"

那队长也故意吃了一枚，吃过后同样不住摇头："啊呀，这人参果，要福气消受！"

两人都赶忙把口中的东西吐出。

这种做作的剧情，虽出于做作，却不十分讨人厌。夭夭见到时，得意极了，取笑两人说："城里人只会吃芝麻饼和连环酥。怕毒死千万不要吃，留下来明天做真命天子。"

师爷手指面前一片橘子树林，口气装得极其温和，询问夭夭："这是你家橘子园不是？"

"是我家的，怎么样？"

"橘子卖不卖？"

夭夭说："怎么不卖？"

"我怕你家里人要留下自己吃。"

"留下自己吃，一家人吃得多少！"

"正是的！一家人能吃多少！可是我们买你卖不卖？"

"在这里可不卖。"

"这是什么意思？"

"你们想吃就吃！口渴了自己爬上树去摘，能吃多少吃多少，不用把钱。你看（夭夭把手由左到右画了个半圆圈），多大一片橘子园，全是我家的。今年结了好多好多！我狗不咬人。"

说时那只白狗已回到了夭夭身边，一双眼睛对两个陌生客人盯着，还俨然取的是一种监视态度。喉中低低咻着，表示对于陌生客人毫不欢迎。夭夭抚摩狗头，安慰它也骂骂它："小白，你是怎么的？看你那样子，装得凶神恶煞，小气。我打你。"且顺着狗两个耳朵极温柔的拍了几下，"到那边去！不许闹。"

夭夭又向两个军人说："它很正经，不乱咬人的。有人心，懂事得很。好人它不咬，坏人放不过。"远远的一株橘子树上飞走了一只乌鸦，掉落了一个橘子，落在泥地上钝钝的一声响，这只狗不必吩咐，就奔窜过去，一会儿便把橘子衔回来了。夭夭将橘子送给客人："吃吃看，这是老树橘子，不酸的！"

师爷在衣口袋中掏了一阵，似乎找一把刀子，末后还是用手来剥，两手弄得湿油油的，向裤子上只是擦，不爱干净处引得夭夭好笑。

队长一面吃橘子一面说："好吃，好吃，真好吃。"又说，"我先不久到你家里，和你爹爹商量买橘子，他好像深怕我不给钱，白要他的。不肯卖把我。"

夭夭说："那不会的，你要买多少？"

师爷抢口说："队长要买一船。"

"一船橘子你们怎么吃得了？"

"队长预备带下省里去送人。"

"你们有多少人要送礼？"

夭夭语气中和爹爹的一样，有点不相信。师爷以为夭夭年纪小可欺，就为上司捧场说天话："我们队长交游遍天下，南京北京到处有朋友，莫说一船橘子，真的送礼，就是十船橘子也不够！"

"一个人送多少？"

"一个人送二十三十个尝尝。让他们知道湘西橘子原来那么好，将来到湘西采办去进贡。"

夭夭笑将起来："二十三十，好。做官的，我问你，一船有多少橘子，你知道不知道？"

师爷这一下可给夭夭愣住了，话问得闷头，一时回答不来，只是憨笑。对队长皱了皱眉毛，解嘲似的反问夭夭：

"我不知道一船有多少，你说说看对不对。"

"你不明白我说来还是不明白。"

"九九八十一，我算得出。"

"那你算把我听听，一石橘子有多少。"

队长知道师爷咬字眼儿不是夭夭敌手，想为师爷解围，转话头问夭夭："商会会长前几天到你家买一船橘子，出多少钱？"

夭夭不明白这话用意，老老实实回答说："我爹不要他的钱，他一定要送两百块钱来。"

队长听了一惊："怎么，两百块钱？"

"你说是不止——不值？"

队长本意以为"不值"，但在夭夭面前要装大方，不好说不值，就说："值得，值得，一千也值得。"又说，"我也花两百块钱，买一船橘子，要一般大，一般多，你卖不卖？"

"你可问我爹爹去！"

"你爹爹说不卖。"

"那一定不卖。"

"怎么不卖？怎么别人就卖，我要就不卖？难道是……"

"嗨，你这个人！会长是我爹的亲家，我的干爹，顶大橘子是我送他的。要买，八宝精，花钱无处买！"

队长方了然长顺对于卖橘子谈判不感兴趣的原因。更明白那一船橘子的真正代价，是多少钱，多少交亲。可是本来说买橘子，也早料到结果必半买半送，随便给个五六十元了事，既然是地方长官，孝敬还来不及，巴不上，岂有出钱买还不能买的道理？谁知长顺不识相，话不接头，引起了队长的火，弄得个不欢而散。话既说出了口，不卖吧，派弟兄来把橘子树全给砍了！真的到底不卖，还不是一个僵局？答应卖了呢，就得照数出钱，两百元，四百元，拿那么一笔钱办橘子，就算运到常德府，赚两个钱，费多少事！倒不如办两百块钱特货，稳当简便多了。

队长觉得先前在气头上话说出了口，不能收场，现在正好和夭夭把话说开，留个转圜余地。于是说："我先不久几乎同你那个爹爹吵起来了。财主员外真不大讲道理。我来跟他办交涉，买一船橘子，他好像有点舍不得，又担心我倚仗官势，不肯把钱，白要你家橘子。他说宁愿意让橘子在树上地下烂掉，也不卖把我。惹我生气上火，不卖吗？我派人来把你这些橘子树全给砍了，其奈我何。你等等告你爹，我买橘子，人家把多少我同样把多少！我们保安队的军誉，到这里来谁不知道。凡事有个理，有个法，……"

说到这里时，对师爷挤了 挤眼睛，那师爷就接下去说：
"真是的，凡事公正，公买公卖，沅陵县报上就说起过！"又故
意对队长说，意思却在给夭夭听到，"队长，你老人家也不要生
气，值不得。这是一点小误会。谁不知道你爱民如子？滕老板是
个明白人，他先不体会你意思，到后亏我一说，他就懂了。限他
五天办好，他一定会照办。这事有我，不要怄气，值不得！"说
到末了，拍了那个瘦胸膛，意思是像只要有他，天下什么事都办
得妥当。

夭夭这一来，才知道这两个人，原来先不久还刚从家中与
爹爹吵了嘴。夭夭再看看两人，便把先前那点天真好意收藏起来
了，低下头去翻扒刺莓，随口回答说：

"好好的买卖，公平交易，那有不卖的道理。"

队长还涎着脸说："我要买那顶大的，长在树尖子上霜打得
红红的，要多少钱我出多少。"

师爷依然带着为上司捧场神气，尽说鬼话："那当然，要多
少出多少，只要肯，一千八百队长出得起。送礼图个面子，贵点
算什么。"

队长鼻头嗡嗡的："师爷，你还不明白，我这人就是这种脾
气，凡事图个面子，图个新鲜，要钱吗？有的是。"这话又像是

说给自己听取乐，又像是话中本意并非橘子，却指的是玩女人出得起钱，让夭夭知道他为人如何豪爽大方。"南京沈万三的聚宝盆，见过多少希罕的好东西！"

师爷了解上司意思所指，因此凑和着说下去："那还待说？别人不知道你，队长，我总知道。为人只要个痛快，花钱不算回事。……长沙那个……我知道的！"

师爷正想宣传他上司过去在辰州花三百块钱为一个小婊子点大蜡烛的挥霍故事。话上了喉咙，方记起夭夭是个黄花女，话不中听，必得罪队长。因此装作错喉干呃了一阵，过后才继续为队长知识人品作说明。

夭夭听听两人说的话，似乎渐渐离开了本题，话外有话。语气中还带点鼻音，显得轻浮而亵渎。尤其是那位师爷，话越说越粗野，夭夭脸忽然发起烧来了，想赶快走开，拿不定主意回家去还是向河边走。

两人都因为夭夭先一时的天真坦白，现在见她低下头不作理会，还以为女孩子心窍开了，已懂了人事，有点意思。所以还不知趣说下去。话说得越不像话，夭夭感到了侮辱，倒拖竹扒拔脚向后屋竹园一方跑了。

队长待跳篱笆过去看看时，冷不防那只大白狗却猛扑过来，对两人大声狂吠。那边大院子里听到狗叫，有个男工走出来赶狗，两个人方忙匆匆的穿过那片橘子园，向河边小路走去。

两人离开了橘园，沿河坎向吕家坪渡口走。

师爷见队长不说话，引逗前事说："队长，好一只肥狗，怕不止四十斤吧。打来炖豆腐干吃，一定补人！"

队长带笑带骂："师爷，你又想什么坏心事？一见狗就想吃，自己简直也像个饿狗。"

"我怎么又想？从前并未想过！实在好，实在肥，队长，你说不是吗？"

"我可不想吃狗肉，不到十月，火气大，吃了会上火要流鼻血的。"

队长走在前面一点，不再说什么，他正想到另外一件事情。橘子园主人小女儿，眼睛亮闪闪的，嘴唇小小的，一看就知道是个香喷喷的黄花女。心中正提出一个问题，"好一块肥羊肉，什么人有福气讨来到家里去？"就由于这点朦胧暧昧欲望，这点私心，使他对于橘子园发生了兴趣，橘子园主人对他的不好态度也觉得可宽容了。

同行的师爷是个饕餮家，只想象到肥狗肉焖在沙锅里时的色香味种种，眼睛不看路，打了个岔，一脚踏进路旁一个土拨鼠穴里去，身向前摔了一跤，做了个"狗吃屎"姿式，还亏得两手捞住了路旁一把芭茅草，不至于摔下河坎掉到水里去。到爬起身时，两手都被茅草割破了，虎口边血只是流。

队长说：“师爷，你又发了瘾？鬼蒙你眼睛，走路怎不小心？你摔到河里淹死了，我还得悬赏打捞你，买棺木装殓你，请和尚道士超度你，这一来得花多少钱！”

师爷气愤愤的说：“都是因为那只狗。”

队长笑着调弄师爷：“你说狗，是你想咬它，还是怕它要咬你？”

“它敢咬我？咬我个鸡公。队长，你不信你看，我明天带个小棒棒来，逗它近身，鼻子上嘭的一棒，还不是请这畜生回老家去！”

“师爷，小心走路，不要自己先回老家去！”

“队长，你放心，纵掉下河里去，我一个鹞子翻身就起来了。我学过武艺，不要小看我！”

“你样子倒有点像欧阳德。他舞旱烟杆，你舞老枪。”

“可是我永远不缴枪！禁烟督办来也不缴枪！”

且说夭夭走回家去，见爹爹正在院子里用竹篙子打墙头狗尾草，神气郁郁不舒。知道是为买橘子事和军官斗气，吵了两句，心不快乐。因此做个笑脸迎上去。

“爹爹，你怎么光着个头在太阳底下做这种事。我这样，你一定又要骂起我来了。那些野生的东西不要管它，不久就会死的！"

长顺不知夭夭在外边已同两个军人说了好久话，就告夭夭说：

"夭夭，越来越没有道理了。先前保安队队长同个师爷，到我们这里来，说要买一船橘子，装下省里去送礼。什么主席厅长委员全都要送。真有多少人要送礼？还不是看人发财红了眼睛，想装一船橘子下去做生意？我先想不明白，以为他是要吃橘子，还答应送他十担八担，不必花钱。他倒以为我是看穿了他的计策，恼羞成怒，说是现钱买现货。若不卖，派兵来把橘子树全给砍了再说。保安队原来就是砍人家橘子树的。"

夭夭想使爹爹开心，于是笑将起来："这算什么？他们要买，肯出钱，就卖一船把他，管他送礼不送礼！"

"他存心买那才真怪！我很怄气。"

"不存心买难道存心来砍橘子树？"

"存心马扁儿，见我不答应，才说砍橘子树！"

"大哥船来了，三哥船来了，把橘子落了树，一下子装运到常德府去，卖了它完事。人不犯法，他们总得讲个道理，不会胡来乱为的！"

长顺扣手指计算时日，以及家下两只船回到吕家坪的时日。想起老《申报》的时事，和当地情形对照起来，不免感慨系之。

　　夭夭因见爹爹不快乐，就不敢把在屋外遇见两个军人一番事情告给长顺。只听到侧屋磨石隆隆的响，知道嫂嫂在推荞麦粉，预备做荞粑。正打量过侧屋里去帮帮忙，仓屋下母鸡刚下个蛋，为自己行为吃惊似的大声咯咯叫着，飞上了墙头。夭夭赶忙去找鸡蛋，母亲在里屋却知会夭夭：

　　"夭夭，夭夭，你又忘记了？姑娘家不许捡热鸡蛋，容易红脸。你不要动它，等等再取不要紧！你刺莓晒好了？"

　　"那笋壳鸡又生蛋了。"

　　"是的！不用你管。做你事情去。"

　　"好，我不管。等等耗子吃了我也不管。"虽那么答应母亲，可是她依然到仓屋脚一个角落间草堆中发现了那个热巴巴的鸡蛋，悄悄的用手摸了一会后，方放心走开。

一有事总不免麻烦[①]

　　会长所有几只货船，全拢了吕家坪码头，忙坏了这个当地能人。先是听说邻县风声不大好，已在遣将调兵，唯恐影响到本地。他便派先前押船回来的那个庄伙沿河下行，看看船过不过了辰溪县。若还不进麻阳河在沅水里停泊，暂时就不要动，或者把货起去，屯集到县里同发利货栈上去，赶快把自己那一条船放空来吕家坪，好把镇上店中收屯的六百桶桐油，和一些杂货，一船橘子，装船下运。上行货搁到辰溪县货栈中，上下起落虽得花一笔钱，究竟比运来本镇稳当。船装货下行，赶到常德，就不会被地方队伍封船的。可是这管事动身不久，走向下游四十里，就碰见了本号第一只船。问问水手，才知道船拢辰溪县，谣言多不敢上行，等了两天。问问同发利栈上人，会长并无来信指示。公路局正在沿河岸做码头，拉船夫服务，挑土扛石头，用的人很多。

---

① 本篇收入1945年文聚版《长河》单行本前，曾在1938年11月3日至11月8日香港《星岛日报·星座》副刊上连载。署名沈从文。篇名为收入单行本时所拟。

只怕一停下来又耽搁事情，所以还是向上开。所有船只都来了，正在后面一点上滩。管事庄伙得到这个消息后，又即刻赶回吕家坪报告。

船既到了地，若把几船货物留在镇上，换装屯集的油类下行，万一有事，还依然是得彼失此，实不大经济。会长想，地方小，队伍一开拔，无人镇压，会出麻烦。县城到底是大地方，又有个石头城，城中住了个县长，省里保安队当不至于轻易放弃。并且一有了事，河上运输中断了，城里庄号上必特别需要货物，不如乘此把这几船货物一直向上拖，到了上游二百五十里的麻阳县城里去，这里另外找船装桐油下常德。因此货船一拢码头时，会长就亲自去河边看船。

几个船上舵把子过辰溪县时，业已听说风声不大好，现在又听说货物不起卸，另外还有办法，心中正自狐疑不定。会长到得河下时，看看货船很好，河水还不曾大落，船货若上运，至多到高村地方提提驳，减轻一点载重，就可一直到麻阳县。

六七个弄船的正在河滩上谈下河新闻，一见会长都连声叫喊。

会长也带着友情向那边打招呼。"辛苦辛苦！我上前天还要周管事沿河去看你们的。还以为船不进小河，等等看也好。都来了，更好！"

一个老船主说："辰溪县热闹得很，我看风向不大对。大家赶回家去吧，好，你老信不来，我们就上来了。"

会长说："难为你，难为你。船老板，我看河里水还好，不怎么枯，是不是？"

那舵把子说："会长，水好，今年不比去年。九月初边境上有雨，小河水发大河水也发。洪江大河里，有好些木排往下放。洪江汉庄五舱子鳅鱼头船，也装满了桐油下常德府。天凑和人！"

会长咬耳朵问那老船主："老伙计，我听说时局不大好，你们到辰溪一定看得出来。你们怎么打算？"

那老舵把子笑着说："会长，一切有命，不要紧。他们要打打他们的，我还是要好好弄这条船。我们吃水上饭的人，到处是吃饭，不管什么地方我都去。"他以为会长是要把本地收买的桐子油山货向下运，怕得不到船，因此又说："会长，我们水上漂和水中摆尾子一样，有水地方都要去，我不怕的。要赶日子下常德府，我们在辰河里放夜船，两天包你到辰溪县。"

会长说："我想这几船货都不要起岸，大家辛苦辛苦，索性帮我运到麻阳县去吧，趁水好，明天验关，后天就上路。到了那里再看，来得及，就放空船下来，这里还有几船货要运常德府；来不及，下面真有了事情，你们就把船撑到高村小河里去，在岩门石羊哨避避风浪。你们等等商量看，再到我铺子上来告我。愿意去，明后天开头，不愿意去，也告我一声，我好另外找船补缺，盘货过驳。"

另外一个萝卜溪弄船的说："会长，你老人家的事，莫说有钱把我们，不把钱我也去，大家不会不去的。"

有人插口说："恐怕有人早说定了，船到了这里卸货，要装橘子下辰河。上县里再放空船来，日子赶不及。"

会长说："你们自己看吧，不勉强你们。能去的就去，不肯去不勉强，我不会难为你们，都是家边人，事情好商量。你们等等到我号上来回个信。"会长又对一个同行庄伙说："五先生，他们辛苦了，你一条船办十斤神符，廿碗酒，派人就送来，请船上弟兄喝一杯。你记着，赶快！"吩咐过后，就和几个船主分了手。会长想起亲家长顺委托的事情，转到下河街伏波宫保安队去拜会队长。

那队长正同本部特务长清算一笔古怪账目，骂特务长"瞒心昧己，人容天不容"。只听到那个保民官说："特务长，你明白，不要装痴！这六百块钱可不是肉丸子，吃下去恐怕梗在胸脯上不受用。你说不知道，那不成。这归你负责，不能说不知道。好汉做事好汉当，得弄个水落石出！"

特务长不服气。虽不敢争辩，心实在气恼不过。因为账目并不是他特务上应负责任的，队长却以为这是特务长不小心的过失。幸亏得会长一来，特务长困难的地位，方得到解围。

队长老不高兴神气，口中喃喃骂着，见来客是会长，气即刻便平了。

"会长，你这个忙人，忙得真紧，我昨天请你吃狗肉也不来！我们一共六个人，一人喝了十二两汾酒，见底干。到后局长唱起《滑油山》来了，回关上时差点滚到河里去。还嚷一定要'打十六圈牌，不许下桌子，谁离开桌子，谁就认输，罚请三桌海菜席'。金副官说，'谁下桌子谁是狗贪的。'幸好不醉死，醉了有人抓把狗毛塞到裤裆边，莫不有人当真以为他是狗贪死的。"队长一面形容一面说，不由得为过去事捧起腹来。

会长虽别有心事，却装作满有兴致的神气，随声附和打哈哈。

队长又说："会长，我听说你买了一船橘子，是不是预备运到武汉去发财？橘子在这里不值钱，到了武汉可就是宝贝！"

会长笑着说："那里发什么财？我看今年我们这里乡下橘子格外好，跟萝卜溪姓滕的打商量，匀了半船，趁顺水船带下去送亲戚朋友湿湿口！这东西吕家坪要多少有多少，不值钱的，带下去恐怕也不值钱吧。"

队长说："可不是！橘子这东西值多少钱，有多少赚头？

有件事我正要同你说说，萝卜溪姓滕的听说是你干亲家，有几个钱，颈板硬硬的像个水牛一样。人太不识相，惹我生气！我上回也想送点礼给下河朋友，想不出送什么好。连上师爷说萝卜溪橘子好，因此特意到那里去看看，办个交涉，要他卖一船橘子把我。现钱买现货，公平交易。谁知老家伙要理不理，好像我是要抢他橘子神气。先问我要多少，告他一船，又说大船、小船得明白，不明白不好下橘子。告他大船小船总之要一船，一百石三百石价钱照算。又说不用买，我派人送十挑来吧。还当我姓宋的是划干龙船的，只图打发我出门了事。惹得我生了气，就告他：'姓滕的，放清楚些！你不卖橘子吧，好，我明天派人来砍了你的树，你到南京告我去。'会长，你是个明白人，为我评评理，天下那有这种不讲理的人，人都说军队欺人，想不到我这个老军务还得受土老老的气！"

队长说的正是会长要说的，既自己先提起这问题，就顺猫猫毛理了一理："队长，这是乡愚无知，你不要多心，不必在意！我这干亲家上了年纪，耳朵有点背，吃生米饭长大的，话说得生硬，得罪了队长，自己还不明白！这人真像你说的颈板硬硬的，人可是个好人。肠子笔直，不会转弯。"

队长说："不相信，你们这地方人都差不多——会长除你在外——剩下这些人，找了几个钱，有点小势力，成了土豪，动不动就说凡事有个理字，用理压人。可是对我们武装同志，就真不大讲埋了。以为我们是外来人，不敢怎么样。这种土豪劣绅，也是在这个小地方能够听他称王作霸，若到……不打倒才怪！什么理？蚌壳李，珍珠李，酸得多久！……"

会长听过这种不三不四的议论后，依然和颜悦色："大人不见小人过，我知道你说的是笑话。乡下人懂什么理不理？那有资格做土豪，来让队长打倒他？姓滕的已明白他的过错了，话说得不大接榫，得罪了队长，所以特意要我来这里说句好话。他怕队长一时气恼，当真派人去砍橘子树。那地方把橘子树一砍，可不当真就只好种萝卜了吗？我和他说：'亲家，这是你的不是。可是不用急，不用怕，队长是受过高等教育的革命军人，（说到这里时两人都笑笑，笑的意思却不大相同。）气量大，宰相肚中好撑船，绝不会这样子摧残我们地方风水的！我去说一声看，队长不看金面看佛面，会一笑置之。'队长，你不知道，大家都说萝卜溪的风水，就全靠那一片橘子树撑住。"

会长见队长不做声，先还是装模作样的听下去，神气正好像是"你说你的，我预定要做的革命行为，你个苏秦张仪说客说来说去也是无用的！"可是会长提起风水，末后一句话却触动了他一点心事，想起夭夭那个黑而俏的后影子，不禁微笑起来。会长不明白就里，还说：

"队长看我巴掌大的脸，体恤这个乡下人，饶了他吧。"

队长说："是的，是的，就看会长的面子，这事不用提了。"等等又说，"会长，我且问你，那姓滕的有几个女儿？"

问话比较轻，会长虽听得分明，却装作不曾听到，还继续谈原来那件事情。因为"得罪官长"事虽不用提，橘子是要一船还是要几担？终得讲个清楚。委实说，队长自从打听明白一只小船两个舱装橘子送下常德去，得花个四百块钱左右时，就对于这种事不大发生兴趣，以为师爷出的计策并不十分高明了。只因为和长顺闹僵了，话转不过口，如今会长一来，做好做歹，总说乡下人不敢有意得罪官长，错处出于无心。队长也乐得借此收帆转舵，以为这事既由会长来解释，就算过去了。

会长因队长说买橘子只是送礼，就说长顺已摘下十挑老树"大开刀"，要队长肯赏脸收下，才敢送来。

这么一来，队长倒有点不好意思起来了。聊以解嘲的说："他不肯卖把我，我们革命军人自然不能强买民间东西。卖十挑把我也成，要多少钱请开个数目来，我一定照价付款。"

会长说："我的哥，你真是……这值几个钱？"并说曾将干亲家骂了一回，以为不懂是非好坏。且在这件事上把队长身份品性绰掇得高高的，等于用言语当成一把梳子，在这个长官心头上痒处——梳去，使他无话可说。

谈到末了，队长不能不承认十担橘子送礼已足够用。会长见交涉办成功，就说号上来了几只船，要去照看照看，预备抽身走路。队长这时节却拉住了会长，眯笑眯笑，像有什么话待说，却有点碍于习惯，不便开口。许久方迟迟疑疑的问："会长，我有句话问你，萝卜溪那滕家小姑娘，有了对手没有？"

会长体会得出这个问话的意思，却把问题岔开，故意相左："队长，是不是你有什么好朋友看中了那个小毛丫头？可惜早有了人，在省里第三中学读书！"

队长心有所恶，不大好意思，便随口说："喔，那真可惜。我有个好朋友，军校老同学，是你们湘西人，父亲做过三任知事，家道富有，人材出众，托我做个媒，看一房亲事。我那天无意中看到你亲家那个女儿，心想和那朋友配在一处，真是郎才女貌。……"

会长明白这不过是谈白话，信天乱说，就对队长应酬了几句不相干的闲话，不再耽延，走出了伏波宫。这一来总算解决了一件事情，心里觉得还痛快。到正街上碰着了号上一个小伙计，就要那人下萝卜溪，传语给长顺亲家，砍橘子树破风水事情，调停结果已解决了，不用再担心。明天一早送十担橘子到伏波宫来，一切了当。又说今天河下到了几只船，有事情忙，改天下萝卜溪来看他。

　　会长转回号上不多一会，船上舵把子一窝蜂到了，在会长
家厅子里坐的坐站的站商谈上行事情。大家都乐意上麻阳县，
趁水发不提驳原船上行。只有一个人因事先已答应了溪口人装萝
卜白菜下辰河，不便毁约，恰好这只船上行时装棉纱，会长心里
划算，县里存纱多，吕家坪镇上和附近村里寨里，十月来正是买
棉纱织布时节，不如留下这一船花纱，一个月卖完它。边境时局
虽有点紧，看情形一个月内还不会闹到这地方来。因此把话说妥
当，来船明天歇一天，后天开头上麻阳县。装花纱那只船，在本
地起货。

　　这一天就那么过去了。

　　第二天早饭后，萝卜溪橘子园主人，赶来看会长，给会长
道谢，因为事情全得会长出面调停，逢凶化吉。又闻船上的货
物多，并想办点年货，穿的吃的，看有什么可买。镇上的习惯，
大庄号办货，不外花纱布疋，海带鱿鱼，黄花木耳，香烟炮竹，
都是日常用品。较精贵的东西，办的本不多，间或带了点来，消
息一传开，便照例被几个当地阔人瓜分了。尤其是十冬腊月的年
货，和上好贵重香烟，山西汾酒，古北口的口蘑，南京杭州缎子
宁绸，广东的荔枝干药品，来的稀少，要它的必占先一着，不落
人后，方有机会到手。

　　长顺到了镇上，就看见会长正在码头边手持单据，忙着指挥

水手搬运货物。有些卸下，有些又装上。问问才知道所有船只都不起货，准备上行。有些货物上去无销路，就盘舱把它移出来，留在吕家坪。鹅卵石河滩上，到处是巨大的包裹；用粗布装包外用铁皮约束的，成箱的，蒲席①包的，竹篓装就的，无不应有尽有。还有好几十个水手，一面谈话一面工作。

长顺说："亲家，费你的口舌，把那事情办好了，真难为你！"

会长说："亲家，这点小事算什么。你我多一事不如少一事。橘子送去就得了。我正想下半天到萝卜溪去看你，另外告你一件事情。"

"你来了多少货？"

一个管事的岔拢来和会长谈说关上事情。会长说："你就看到办吧，三哥。这事总少不了的。局长是面子上人，好说话。下边人要拿拿腔，少不了还是那个（作手式一把抓表示个数目）。这也差不多了，抓老官好，不能再多！"

长顺看看别的号上有几只船正在起货，会长的船向上行理由使人不明白，就问会长。"你这些货怎么回事？"

会长摇了摇头，两手一摊，依然笑着。"亲家，麻烦透了！

---

① 蒲席：用蒲叶编织的席子。

这几船货物我打量要他们装上县城里去，不在这里起货。"

另外又走来个庄伙。手中拿了一扎单据，问会长办法，把话岔开了。会长向长顺说："亲家你等等，我这里事一会儿就办完的。到我家里去喝杯茶，我还有话和你商量。你有不有别的事要办？预备上街看人，还是就在这河边走走？"

长顺说："会长你有事只管去做，我没什么要紧事。我听说你和张三益号上货船到齐了，看看有什么要用的，买一点点。"长顺鼻孔开张，一个老水手的章法，在会长神气辞色间，和起运货物匆忙情形上，好像嗅出了一点特殊气味。他于是拉了会长一把，离开船上人稍远一点，轻轻的问：

"会长怎么回事，下面打起来了吗？湖北？湖南？"

会长笑着说："不是，不是。等等我们再说好了。我正想告给你，事情不大要紧。"

"会长你有事你忙你的。办完了事我们俩亲家再慢慢的谈。我只是来看看你，看看河边。你不用管我。"

会长见长顺有走去的意思："亲家，亲家，你不要走！我事完了就和你回号上去。我还有话要告你。"

长顺说："会长我不忙！你尽管做你的事情，完了再回家。等等我到你号上来，一会儿就来，我到那边看看去。"

（有删节）

枫木坳①

萝卜溪橘子园主人滕长顺，过吕家坪去看商会会长，道谢他调解和保安队长官那场小小纠纷。到得会长号上时，见会长还在和管事商量事情，闲谈了一会儿，又下河边去看船。其时河滩上有只五舱四橹旧油船②，斜斜搁在一片石子间待修理，用许多大小木梁柱撑住。有个老船匠正在用油灰麻头填塞到船身各部分缝罅中去。另外还有个工人，藏身在船胁下，锤子钻子敲打得船身蓬蓬作响。长顺背着手走过去看他们修船。老船匠认识萝卜溪的头脑，见了便打招呼："滕老板，你好！"

长顺说："好啊！吃得喝得，样样来得，怎么不好？可是你才真好！一年到头有工做，有酒喝，天坍下来有高个子顶，地陷落时有大胖子填，什么事都不用担心……"

---

① 本篇收入1945年文聚版《长河》单行本前，曾在1938年11月8日至11月18日香港《星岛日报·星座》副刊上连载。署名沈从文。篇名为收入单行本时所拟。

② 油船：也叫油轮。设有装液体的货舱、专用于运输散装油类的轮船。

老船匠似笑似真的回答说："一年事情做到头，做不完，两根老骨头也拉松了，好命。这碗衣禄饭人家不要的！"

"大哥你说得你自己这样苦。好像王三箍桶，这地方少不了你！你是个工程师！"

王三箍桶是戏文上的故事，老船匠明白，可不明白"工程师"是什么，不过体会得出这称呼必与专业有关，如像开机器油坊管理机器黄牛一般，于是皱缩个瘪嘴咕咕的笑，放下了锤子，装了袋草烟，敬奉给长顺。

另处那个年事较轻的船匠，也停了敲打工作，从船缝中钻出，向长顺说：

"老板，我听浦市人说，你们萝卜溪村子里要唱戏，已约好戏班子，你做头行人。滕老板，我说，你家发人发橘子多，应当唱三大本戏谢神，明年包你得个肥团团的孙子。"

长顺说："大哥你说得好，这年头过日子谁不是混！你们都赶我叫员外，那知道十月天萝卜，外面好看中心空。今年省里委员来了七次，什么都被弄光了，只剩个空架子，十多口人吃饭，这就叫做家发人口旺！前不久溪头开碾房的王氏对我说："今年雨水好，太阳好，霜好。雨水好，谷米杂粮有收成，碾子出米多，我要唱本戏敬神。霜好就派归你头上，你那橘子树亏得好霜，颜色一片火，一片金。你做头行人，邀份子请浦市戏班子来唱几天戏，好不好？'事情推脱不得，只好答应了。其实阿弥陀佛，自己这台戏就唱不了！"

年青船匠是个唱愿戏时的张骨董，最会无中生有，因此笑着说：

"喔，大老板，什么人不知道你是萝卜溪的滕员外？钱是长河水，流去又流来，到处流，三十年河东，三十年河西。你们村子里正旺相，远远看树尖子也看得出。你家夭夭长得端正乖巧，是个一品夫人相。黑子的相五岳朝天，将来走运会做督抚。民国来督抚改了都督，又改主席，他会做主席；做了主席用飞机迎接你去上任，十二个盒子炮在前后护围，好不威风！"

这修船匠冬瓜葫芦一片藤，牵来扯去，把个长顺笑得要不得，一肚子闷气都散了。长顺说："大哥，过年还早咧，你这个张骨董就唱起来了，民国只有一品锅，那有一品夫人？三黑子做了都督，只怕是水擒杨么，你扮岳云，他扮牛皋，做洞庭湖的水师营都督，为的是你们都会划船！"

船匠说："百丈高楼从地起，怎么做不到？凤凰厅人田兴恕，原本卖马草过日子，时来运转，就做了总督。桑植人贺龙，二十年前是王正雅的马夫，现在做军长。八面山高三十里，还要从山脚下爬上去。人若运气不来，麻绳棕绳缚不住，运气一来，门板铺板挡不住（说到这里，那船匠向长顺拍了个掌）。滕老板，你不信，我们看吧。"

长顺笑着说："好，大哥你说的准账。我家三黑子做了官，我要他拜你做军师。你正好穿起八卦衣，拿个鹅毛扇子，做诸葛卧龙先生，下常德府到德山去唱《定军山》！"

老船匠搭口说笑话："到常德府唱《空城计》，派我去扫城也好。"

今天恰好是长顺三儿子的生日，话虽说得十分荒谬，依然使得萝卜溪橘子园主人感到喜悦。于是他向那两个船匠提议，邀他们上边街去喝杯酒。本地习惯攀交亲话说得投机，就相邀吃白烧酒，用砂炒的包谷花下酒，名"包谷子酒"。两个船匠都欣然放下活计，随同长顺上了河街。

萝卜溪橘子园主人，正同两个修船匠，在吕家坪河街上长条案边喝酒时，家里一方面，却发生了一点事情。

先是长顺上街去时，两个女儿都背好竹笼，说要去赶青溪坪的场，买点麻，买点花线。并打量把银首饰带去，好交把城里来的花银匠洗洗。长顺因为前几天地方风声不大好，有点心虚，恐怕两女儿带了银器到场上招摇，不许两人去。二姑娘为人忠厚老实，肯听话，经长顺一说，愿心就打消了。三姑娘夭夭另外还有点心事，她听人说上一场太平溪场上有木傀儡戏，看过的人都说一个人躲在布幕里，敲锣打鼓文武唱做全是一手办理，又热闹，又有趣。玩傀儡的飘乡做生意，这场算来一定在青溪坪。她想看看这种古里古怪的木偶戏。花银匠是城里人，手艺特别好，生意也特别兴旺，两三个月才能够来一次，洗首饰必需这一场，机会一错过，就得等到冬腊月去了。夭夭平时本来为人乖顺，不敢自作主张，凡是爹爹的话，不能不遵守。这次愿心大，自己有点压伏不住自己了，便向爹爹评理。夭夭说：

"爹，二姐不去我要去。我掐手指算准了日子，今天出门，大吉大利。不相信你翻翻历书看，是不是个黄道吉日，驿马星动，宜出行！我镯子，戒指，围裙上的银链子，全都乌趋抹黑。真不好看，趁花银匠到场上来，送去洗洗光彩点。十月中村子里张家人嫁女吃戴花酒，我要去做客！"

爹爹当真把挂在板壁上的历书翻了一下，说理不过但是依然不许去。并说天大事情也不许去。

夭夭自己转不过口气来，因此似笑非笑的说："爹你不许我去，我就要哭的！"

长顺知道小题大做认真不来，于是逗着夭夭说："你要哭，一个人走到橘子园当上河坎边去哭好了。河边地方空旷，不会有人听到笑你，不会有人拦你。你哭够了再回家。夭夭，我说，你这么只选好日子出行，不记得今天是什么人的生日？你三哥这几天船会赶到家的，河边看看去！我到镇上望望干爹，称点肉回来。"

夭夭不由得笑了起来。无话可说，放下了背笼，赶场事再不提一个字。

长顺走后，夭夭看天气很好，把昨天未晒干的一坛子葛粉抱出去，倒在大簸箕中去晒。又随同大嫂子簸了一阵榛子壳。本来既存心到青溪坪赶场，不能去，愿心难了，好像这一天天气就特别长起来，怎么使用总用不完。照当地习惯，做媳妇不比做女儿，媳妇成天有一定家务事，即非农事当忙的日子，也得喂猪放鸡，推浆打草。或守在锅灶边用稻草灰漂棉布，下河边去洗作腌菜的青菜。照例事情多，终日忙个不息。再加上属于个人财富积蓄的工作，如绩麻织布，自然更见日子易过。有时也赶赶场，多出于事务上必需，很少用它作游戏取乐性质。至于在家中做姑娘，虽家务事出气力的照样参加，却无何等专责，有点打杂性质，学习玩票性质。所以平时做媳妇的常嫌日子短，做女儿的却嫌日子长，赶场就成为姑娘家的最好娱乐。家中需要什么时，女儿办得了，照例由女儿去办，办不了，得由家中大人作，女儿也常常背了个细簸背笼，跟随到场上去玩玩，看看热闹，就便买点自己要用的东西。有时姊妹两人竟仅为上场买点零用东西，来回走三十里路。

嫂嫂到碾坊去了，娘在仓屋后绕棉纱。夭夭场上去不成，竟好像无事可作神气。大清早屋后枫木树上两只喜鹊喳喳叫个不息，叫了一阵便向北飞去。夭夭晒好葛粉，坐在屋门前一个倒覆箩筐上想心事。

有什么心事可想？"爹爹说笑话，不许去赶场，要哭往河边哭去。好，我就当真到河边去！"她并不受什么委屈，毫无哭泣的理由，河边去为的是看看上行船，逍遥逍遥。自己家中三黑子弄的船纵不来，还有许多铜仁船，高村船，江口船，和别个村庄镇上的大船小船，上滩下滩，一一可以看见。

到了河坎上眺望对河，虽相隔将近一里路。夭夭眼睛好，却看得出枫树坳上祠堂前边小旗杆下，有几个过路人坐在石条凳上歇憩。几天来枫树叶子被霜熟透了，落去了好些，坳上便见得疏朗朗的。夭夭看不真老水手人在何处，猜详他必然在那里和过路人谈天。她想叫一叫，看老水手是否听得到，因此锐声叫"满满"。叫了五六声，还得不到回答，夭夭心想："满满一定在和人挖何首乌，过神仙瘾，耳朵只听地下不听水面了。"

平常时节夭夭不大好意思高声唱歌，今天特别兴致好，放满喉咙唱了一个歌。唱过后，坳上便有人连声吆喝，表示欢迎。且吹卷桐木皮作成的哨子，作为回响，夭夭于是又接口唱道：

你歌莫有我歌多，

我歌共有三只牛毛多，

唱了三年六个月，

刚刚唱完一只牛耳朵。

　　但事极明显，老水手还不曾注意到河边唱歌的人就是夭夭。夭夭心不悦，又把喉咙拖长，叫了四五声"满满"，这一来，果然被坳上枫木树下的老水手听到了，跟跟跄跄从小路走下河边来。站在一个乌黑大石墩子上，招呼夭夭。人隔一条河，不到半里路宽，水面传送声音远，两边大声说话听得清清楚楚。

　　老水手嘶着个喉咙大叫夭夭。夭夭说：

　　"满满，我叫了你半天，你怎么老不理我？"

　　"我还以为河边扇把鸟雀儿叫！你参呢？"

　　"到镇上去了。"

　　"你怎不上青溪坪赶场？不说是趁花银匠来场上洗洗首饰，好吃酒吗？我以为你早走了。"

　　"早走了？爹不让我去。我说，不让我去我要哭的！爹爹说：你要哭，好，一个人到河坎边去哭，好哭个尽兴。我就到河边来了。"

　　"真哭够了吗？"

　　"蒸的不够煮的够；为什么我要哭。我说来玩的。满满，你怎么不钓鱼？"

　　"天气冷，大河里水冷了，鱼都躲到岩眼里过冬了，不上钩的。夭夭，我也还在钓鱼；我坐在祠堂前枫树下，钓过坳人，扯住他们一只脚，闲话一说半天。你多久不到我这里来了，过河来玩玩吧。我这里枫木叶又大又红，比你屋后那个还好看，你来我编顶帽子给你戴。太平溪老爷杨金亭，送了我两大口袋油板栗，一个一个有鸡蛋大，挂在屋檐口边风干了半个月，味道又香又甜，快来帮我个忙，把它吃掉。一人吃不了，邀你二姊也过河来吧。"

天天说："那好极了，我来帮你忙吃掉它。待一会儿我就来。"

天天回转家里，想邀二姑娘一起过河，并告给她："满满有鸡蛋大栗子，要人帮忙吃完它。"

二姑娘正在院坝中太阳下篦头，笑着说："我有事情做，不能去。天天你想去，答应了满满，你就去吧。"帮二姑娘梳头大嫂子，也逗天天说："天天，满满为人偏心，格外欢喜你。栗子鸡蛋大，鸭蛋大。回来时带点吃剩下来的，放在衣兜里，让我们也尝尝吧。"

天天不说什么，返身就走。母亲从侧屋扛着个大棉纱籰子走出来。却叫住了她。"天天，带点橘子送满满吧。外人要，十挑八挑派人送去，还怕人家不领情。自己家里人倒忘记了。堂屋里有大半箩顶好的，你自己背去送满满。"

天天当真就用她那个细篾背笼捡了一背笼顶大的橘子，预备过河。河边本有自己家里一只小船，天天不坐它，反而走到下游一点金沙溪溪口边去。其时村子里正有个年青小伙子在装菜蔬上船，预备到镇上去出卖。夭夭说："大哥，我要渡河到坳上去，你船开头时，我坐你船过河，好不好？你是不是到镇上去？"

一村子人都认识夭夭，年青汉子更乐于攀话献殷勤，小船上行又照例从对河溶口走，并不费事，当然就答应了这件小差事。夭夭又说："大哥，我不忙，你把菜装满船，要开头时再顺便送我过河。我是到坳上去玩的。我一点不忙！"

夭夭放下了背笼，坐在一堆南瓜上，来悠悠闲闲的看河上景致。河边水杨柳叶子黄布龙东，已快脱光了，小小枝干红赤赤光溜溜的，十分好看。夭夭借刀削砍了一大把水杨柳细枝，预备编篮子和鸟笼。溪口流水比往日分外清，水底沙子全是细碎金屑，在阳光下灼灼放光。玛瑙石和蚌壳，在水中沙土上尤其好看。有几个村中小孩子，在水中搬鹅卵石砌堤坝堵水玩，夭夭见猎心喜，也脱了袜子下溪里去踹水，和小孩子一样，从沙砾中挑选石子蚌壳。那卖菜的青年，曾经帮夭夭家哥哥弄船下过常德府，想和夭夭谈谈话，因此问夭夭，"夭夭，你家三黑子多久回来？"夭夭说："一两天就要拢岸了。今天喜鹊叫，天气好，我猜他船一定歇铜湾溪。"

"你三哥能干，一年总是上上下下，忙个不停。你爹福气好！"

"什么好福气？雨水太阳到头上，村子里大家不是一样！"

"你爹儿女满堂，又好又得力，和别人家不一样！"

夭夭明白面前一个人话中不仅仅是称羡爹爹，还着实在恭维她。可是话不会说，所以说得那么素朴老实。夭夭因此微微笑着，看那年青人搬菜，好像在表示："我明白你的意思，再说说看。"然而那汉子却似乎秘密已给夭夭看穿，有点害羞，不好意思再说什么，只顾作事去了。

菜蔬装够后，夭夭上了船，坐得端端正正，让那人渡她过河。船抵岸边时，夭夭说："大哥，真难为你！"从背笼里取出十个大橘子放置船头上，"大哥，吃橘子打口干吧。你到镇上去碰见我爹，就请告他一声，我在枫木坳上看船。"说完时，用手和膝部为把船头用力一送，推离了岸边，自己便健步如猿，直向枫木坳祠堂走去。

将近坳上时，只见老水手正躬着腰，用个长竹条帚打扫祠堂前面的落叶。夭夭人未到身边声音先到："满满，满满，我来了！"

老水手带笑说："夭夭，你平日是个小猴儿精，手脚溜快，今天怎么好像八仙飘海，过了半天的渡，还不济事，神通到那里去了？"

"我在溪口捡宝贝，满满，你看看，多少好东西！"她把围裙口袋里水湿未干的石子蚌壳全掏出来，塞到老水手掌心里，"全都把你！"

"嗨，把我！我又不是神仙，拿这个当饭吃？好礼物。"

夭夭自然也觉得好笑。"满满，这枫木叶子好，你帮我做顶大帽子，把这些石子儿嵌上去。福音堂洋人和委员见到，一定也称赞。"她指了指背笼里的橘子，"这是娘要我带来送你的。"

老水手说："唉呀，那么多，我吃得了？姐姐呢？怎不邀她来玩玩。"

夭夭还是笑着："姐姐说，满满栗子多，当真要人帮忙才吃得完，怎不送我们一口袋，让我们背回家慢慢的嚼。"

老水手也笑将起来："那好的，那好的。你有背笼，回家时就背一口袋去，请大家帮忙。你们不帮忙，搁到祠堂里，就只有请松鼠帮忙了。"

"满满，是不是松鼠帮不了你的忙，你才要我们帮忙？"

"那里，那里，我是好心好意给你留下的。若不为你，早给过路人吃光了。你知道，成天有上百两只脚的大耗子翻过这个山坳，大方肯把他们吃，什么不吃个精光，生毛的除了蓑衣，有脚的除了板凳，他们都想吃！都能吃！"

两人一面说笑一面向祠堂走去。到了里边侧屋，老水手把背笼接过手，将橘子倒进一个大簸箕里："夭夭，这橘子真大，我要用松毛盖好留下，托你大哥带到武昌黄鹤楼下头去卖，换一件西口大毛皮统子回来。这里橘子不值钱，下面值钱。你家园里的橘子树，如果生在鹦鹉洲，会发万千洋财，一家人都不用担心，住在租界上人洋楼里，冬暖夏凉，天不愁地不怕过太平日子，那里还会受什么连长排长欺压。"

夭夭说："那有什么意思？我要在乡下住。"

老水手说："你舍不得什么？"

"我舍不得橘子树。"

"我才说把橘子树搬过鹦鹉洲！"

"那么，我们的牛，我们的羊？我们的鸡和鸭子？我知道，它们都不愿意去那个生地方。路又不熟习，还听人说长年水是黄浑浑的，不见底，不见边，好宽一道河！满满，你说，鱼在浑水里怎么看得见路，不是乱撞？地方不熟习我就有点怕。"

"怕什么？一到那里自然会熟习的。当真到那里去，就不用养牛养猪了。"

"我赌咒也不去。我不高兴去。"

"你不去那可不成！说好了大家去，连家中小花子狗也得去，你一个人不能住下来的。"

两人把话说来，竟俨然像是一切已安排就绪，只差等待上船神气。争持得极其可笑。到后两人察觉园里那一片橘子树，纵有天大本领也绝无办法搬过鹦鹉洲时，方各在微笑中叹了一口气，结束了这种充满孩子气的讨论。

老水手为把一大棕衣口袋栗子，从廊子前横梁上叉下来，放到夭夭背笼中去。夭夭一时不回家，祠堂里房子阴沉沉的，觉得很冷，两人就到屋外边去晒太阳。夭夭抢了个条帚，来扫除大坪子里五色斑斓的枫木叶子。半个月以来，树叶子已落掉了一半，只要一点点微风，总有些离枝的木叶，同红紫雀儿一般，在高空里翻飞。太阳光温和中微带寒意，景物越发清疏而爽朗，一切光景静美到不可形容。夭夭一面打扫祠堂前木叶，一面抬头望半空中飘落的木叶，用手去承接捕捉。老水手坐在石条上打火镰吸旱烟，耳朵里听得远村里锣鼓声响。

"夭夭，你听，什么地方打锣打鼓。过年还愿早咧。镇上人说：萝卜溪要唱愿戏，一共七天，派人下浦市赶戏班子，要那伙行头齐全角色齐全顶好的班子，你爹是首事人。若让我点戏，正戏一定点《薛仁贵考武状元》，杂戏点《王婆骂鸡》。浦市人迎祥戏班子，好角色都上了洪江，剩下的两个角色，一个薛仁贵，天生的；一个王婆，也是天生的！"

夭夭说："桃子李子，红的绿的，螺蛳蚌壳，扁的圆的；谁不是天生的？我不欢喜看戏。坐高抬凳看戏，真是受罪。满满，你那天说到三角洲去捉鹌鹑，若有撒手网，我们今天去，你说好不好？我想今天去玩玩。"

老水手把头摇了摇，手指点河下游那个荒洲："夭夭今天不去，过几天再去好。你看，对河整天有人烧山，好一片火！已经烧过六天了。烧来烧去，芭茅草里的鹌鹑，都下了河；搬到洲上住家来了。我们过些日子去舀它不迟。到了洲上的鹌鹑，再飞无处飞，不会向别处飞去的。"

"为什么它不飞？"

老水手便取笑夭夭，说出个希奇理由："为的是和你一样，见这里什么都好，是个洞天福地，再也舍不得离开。"

夭夭说："既舍不得离开，我们捉它做什么？这小东西一身不过四两重，还不如一个鸡脯腿。不捉它，让它玩玩，从这一蓬草里飞到那一蓬草里，倒有意思。"

"说真话，这小东西可不会像你那么玩！河洲上野食多，水又方便，十来天就胀得一身肥脂脂的，小翅膀儿举不起自己身子。发了福，同个伟人官官一样，自然就只好在河洲上养老了。"

"十冬腊月它到那儿去？"

老水手故意装作严重神气，来回答这个问题："到那里去了，十冬腊月就躲在风雪不及草窝里，暖暖和和过一个年。过了年，到了时候，跳下水里去变蛤蟆，三月清明落春雨，在水塘里洗浴玩，呱呱呱整天整夜叫，吵得你睡不着觉！"

夭夭看着老水手，神气虽认真语气可不大认真。"人人都那么说，我可不相信。蛤蟆是鹌鹑变的，科斗鱼有什么用？"

翻船，你有火龙船。满满，我且问你，火龙船会不会翻？一共有几条龙？"

乡下习惯称轮船为龙船，老水手被封住了嘴，一时间回答不来，也不免好笑。因为他想起本地的"旱龙船"，条案大小一个木架子，敬奉有红黑人头的傩公傩母，一个人扛起来三山五岳游去，上面还悬系百十个命大孩子的记名符，照传说拜寄傩公傩母做干儿子，方能长命富贵。这旱龙船才真是一条龙！

其时由下水来了三个挑油篓子的年青人，到得坳上都放下了担子，坐下来歇憩。老水手守坳已多年，人来人往多，虽不认识这几个人，人可认识他。见老水手编制的玩意儿，都觉得十分灵巧。其中之一就说：

"老伙计，你这篮子做得真好，省里委员见到时，会有奖赏的！"

老水手常听人说"委员"，委员在他印象中可不大好。就像是个又多事又无知识的城里人，下乡来虽使得一般乡下人有些敬畏，事实上一切所作所为都十分可笑。坐了三丁拐轿子各处乡村里串去，搅得个鸡犬不宁，闹够了，想回省去时，就把人家母鸡腊肉带去做路菜。告乡下人说什么东西都有奖赏，金牌银牌，还不是一句空话！如今听年青油商说他编的篮子会有奖赏，就说：

"大哥，什么奖赏？省里委员到我们镇上来，只会捉肥母鸡吃，懂得什么天地玄黄，宇宙洪荒？”

另一个油商信口打哇哇说：“怎么不奖赏？烂泥人送了个二十六斤大萝卜到委员处请赏，委员当场就赏了他饭碗大一面银牌，称来有十二两重，上面还刻得有字，和丹书铁券一般，一辈子不上粮，不派捐，不拉夫，改朝换代才取消！”

“你可亲眼看见过那块银牌？”

“有人看过摸过，字清清楚楚，分分明明。”

夭夭听到这种怪传说，不由得不咕喽咕喽笑将起来。

油商伙里中却有个人翻案说：“那里有什么银牌？我只听说烂泥乡约邀人出份子，一同贺喜那个去请赏的，一人五百钱，酒已喝过了，才知道奖牌要由县长请专员，专员请委员，委员请主席，主席请督办——一路请报上去，再一路批驳公文下来，比派人上云南省买金丝猴还慢得多！”

原先那个油商，当生人面前输心不输口：“那会有这种事，我不信？有人亲眼看过那块大银牌，和召岳飞那块金字牌一个式样，是何绍基字体，笔画肥肥的。”

“你不信，倒相信那奖牌和戏上金字牌一样。奖牌如果当真发下来，烂泥人还要出份子搭牌坊①唱三天大戏，你好看三天

---

① 此处为庆祝用的牌楼是临时用竹、木等扎彩搭成的建筑。

白戏。"

"你知道个什么，狗矢柑，腌大蒜，又酸又臭。"

那伙计喜说笑话，见油商发了急，索性逗他说：

"我还听人说戏班子也请定了，戏码也排好了，第一天正戏，《卖油郎独占花魁》，请你个不走运的卖油郎坐首席。你可预备包封赏号？莫到时丢面子，要花魁下台来问你！"

老水手插嘴说："一个萝卜能放多久？我问你。委员把它带进县里去，老早就切碎了它，焖牛肉吃了。你不信才真怪！"

几个人正用省里来的委员为题目，各就所见所闻和猜详到的种种作根据，胡乱说下去。夭夭从旁听来，只抿着个小嘴好笑。

坳前有马项下串铃声响，繁密而快乐，越响越近，推测得出正有人骑马上坳。当地歌谣中有"郎骑白马来"一首四句头歌，夭夭心中狐疑："什么人骑了马来？莫非是……"

（有删节）

巧而不巧①

夭夭心中正纳闷，且似乎有点不吉预感。

坳下马项铃声响，越响越近，可以想象得出骑马上坳的人和那匹马，都年青而健康。

不一会，就见三个佩枪的保安队兵士上了坳，异口齐声的说：

"好个地方！"

都站在枫树下如有所等待。一会儿，骑马的长官就来了，看见几个兵士有要歇憩的样子，就说"不要停耽，尽管走。"瞥眼却见到了夭夭，一身蓝，葱绿布围裙上扣了朵三角形小小黄花，"喜鹊噪梅"，正坐在祠堂前石坎子上，整理枫木叶。眼珠子光亮清洁，神气比前些日子看来更活泼更美好。一张小脸黑黑的，黑得又娇又俏。队长便故意停下马来，牵马系在一株枫木树下，

① 本篇收入1945年文聚版《长河》单行本前，曾在1938年11月18日至11月19日香港《星岛日报·星座》副刊连载。署名沈从文。本篇未连载完，此后也未见该报再续载过。篇名为收入单行本时所拟。

摸出大司令纸烟，向老水手接火。一面吸烟一面不住望夭夭。

夭夭见是上回买橘子和爹爹闹翻脸的军官，把头低下捡拾枫木叶，不作声，不理会，心下却打量，"走了好还是不动好？"主意拿不定。

队长记起在橘子园谈话情节，想撩她开口："你这叶子真好看！卖不卖？这是红叶！"

老水手认识保民官，明白这个保民官有点风流自赏，怕夭夭受窘，因此从旁答话："队长，你到那里去？是不是下辰溪县开会？你忙！"语气中有点应酬，有点奉承，可是却不卑屈。因为他自觉不犯王法，什么都不怕，队长在吕家坪有势力，可不能无故处罚一个正经老百姓。

队长眼睛依然盯住夭夭，随口回答老水手说："有事去！"

老水手说："队长，萝卜溪滕大爷送你十挑橘子，你见到了没有？"

队长说："橘子倒送去了，我还不曾道谢。你们这地方真是人杰地灵。……这姑娘是萝卜溪的人吧？"说到这里，又装作忽然有所发现的神气，"嗨，我认识你！你是那大院子里的，我认识你。小姑娘，你不认识我吗？"

夭夭想起那天情形，还是不作声，只点点头，好像是说，"我也认识你。"又好像说，"我记不起了。"共通给队长一个印象，是要理不理，一个女孩儿家照例的卖弄。

队长见人多眼睛多，不便放肆，因此搭搭讪讪向几个挑油担的乡下人，问了一些闲话。几个商人对于这个当地要人，不免见得畏畏缩缩，不知如何是好。到后看队长转了方向，把话向老水手谈叙，就挑起担子，轻脚轻手赶路去了。队长待他们走下坳后，就向老水手夸赞夭夭，以为真像朵牡丹花，生长在乡下，受委屈。又说了些这一类不文不武不城不乡的话语。夭夭虽低着头用枫木叶子编帽子，一句一句话都听得清清楚楚。只觉得这个人很讨厌，不是规矩人。但又走不开，仿佛不能不听下去。心中发慌，脸上发烧。

老水手人老成精，一眼就看明白了。可是还只以为这"要人"过路，偶然在这里和夭夭碰头，有点留情，下马来开开心，一会儿便要赶路去的。因此明知夭夭在这种情形下，不免受点窘，却不给她想法解围。夭夭呢，虽讨厌这个人，可并不十分讨厌人家对于她的赞美。说的话虽全不是乡下人耳朵熟习的，可是还有趣受用。

队长因有机会可乘，不免多说了几句白话。听的虽不觉得如何动心刺耳，说的却已为自己带做作性话语所催眠，好像是情真意挚，对于这个乡下女孩子已发生了"爱情"。见到夭夭式样整齐的手脚，渐渐心中不大自在。故意看看时间，炫耀了一下手腕上那个白金表，似乎明白"天气还早不忙赶路"，即坐在石条凳上向老水手攀谈起来了。到后且唱了一个歌，唱的是"桃花江上美人多"，见老水手和夭夭都抿着嘴巴笑，好像在仔细欣赏，又好像不过是心不在乎，总之是隔了一层。这保民官居然有点害羞，因此聊以解嘲的向老水手说：

"老舵把子，你到不到过益阳县？那个地方出好新妇娘，上了书，登过报。上海人还照过电影戏，百代公司机器戏就有王人美明星唱歌！比起你们湘西桃源县女人，白蒙蒙松沓沓像个粉冬瓜，好看得多了。比麻阳县大脚婆娘，一个抵三个，又美又能干！"

老水手不作声，因为说的话他只有一半明白，所明白那一半，使他想起自己生活上摔的跟头，有一小部分就是益阳县小婊子作成的。夭夭是个姑娘家，近在身边，不好当着夭夭面前说什么，所以依然只是笑笑。笑中对于这个保民官便失去了应有尊敬。神气之间就把面前一个看成个小毛伙，装模作样，活灵活现，其实一点不中用，只知道要几个钱。找了钱，不是吃赌花尽，就是让老婊子和小婊子作成的圈套骗去。凡是找了造孽钱的，将来不报应到自己头上，也会报应到儿女头上。

夭夭呢，只觉得面前一个唱的说的都不大高明，有点傻相，所以也从旁笑着。意思恰恰像是事不干己，乐得看水鸭子打架。

本乡人都怕这个保民官，她却不大怕他。人纵威风，老百姓不犯王法，管不着，没理由惧怕。

队长误会了两人的笑意，还以为话有了边，冬瓜葫芦一片藤，总牵得上篱笆。因此又向老水手说了些长沙女学生的故事，话好像是对老水手说，用意倒在调戏夭夭，点到夭夭小心子上，引起她对于都市的歆羡憧憬，和对于个人的崇拜。

末后话说忘了形，便问夭夭，将来要不要下省里去"文明结婚自由结婚"？夭夭觉得话不习惯听，只当作不曾听到，走向滨河一株老枫木树下去了。

恰好远处有些船只上滩，一群拉船人打呼号巴船上行，快要到了坳下。夭夭走过去一点，便看见了一个船桅上的特别标志，眼睛尖利，一瞥即认识得出那是萝卜溪宋家人的船。这只船平时和自己家里船常在一处装货物，估想哥哥弄的船也一定到了滩脚，因此异常兴奋，直向坳下奔去。走不多远，迎面即已同一肩上挂个纤板的船夫碰了头，事情巧不过，来的正是她家三哥！原来哥哥的船尚在三里外，只是急于回家，因此先跟随宋家船上滩。照规矩船上人歇不得手，搭便船也必遇事帮忙，为宋家船拉第二纤。纤路在河西，萝卜溪在河南，船上了三里牌滩，打量上坳歇歇憩，看看老水手再过河。不意上坳时却最先碰到了夭夭。

夭夭看着哥哥晒得焦黑的肩背手臂，又爱又怜。

"三哥，你看你，晒得真像一个乌牛精！我们算得你船今天会拢岸，一看到宋鸭保那个船桅子，我就准知道要见你！早上屋后喜鹊叫了大半天！"

三黑子一面扯衣襟抹汗水，一面对夭夭笑，同样是又爱又怜。"夭夭，你好个诸葛亮神机妙算，算到我会回来！我不搭宋家人的船，还不会到的！"

"当真的！我算得定你会来！"

"唉，女诸葛，怎不当真？我问你，爸爸呢？"

"镇上看干爹去了。"

"娘呢？"

"做了三次观音斋，纺完了五斤棉花，在家里晒葛粉。"

"嫂嫂呢？"

"大嫂三嫂都好，前不久下橘子忙呀忙。"

"满满呢？"

"他正在坳上等你，有拳头大干栗子请你吃。"

"你好不好？"

"……"夭夭不说了，只咬着小嘴唇露出一排白牙齿，对哥哥笑。神气却像要说"你猜看"。

于是两兄妹上了坳，老水手一见到，喔喔嗨嗨的叫唤起来，一把揪住了三黑子肩上的纤板，捏拳头打了两下那个年青人的胸脯，眼睛眯得小小的：

"说曹操，就是曹操。三老虎，你这个人，好厉害呀！不到四十天，又是一个回转。我还以为你这一次到辰州府，一准会被人捉住，直到过年还不放你走路的！"

那年青船夫只是笑，笑着分辩说："那个捉我这样老实人？我又不犯王法。满满，你以为谁会捉我？除了福音堂洋人看见我乌趋抹黑，待捉我去熬膏药，你说谁？"

"谁？你当我不知道？中南门尤家巷小婊子，成天在中南门码头边看船，就单单捉拿像你这样老实人。我不知道？满满什么事都知道。我还知道她名字叫荷花，今年十九岁，属鼠，五月二十四生日，脸白生生的，细眉细眼，荷包嘴，……年青人的玩意儿，我闭上眼睛也猜得出！"

"满满，他们那会要我的？洪江码头上坐庄的，放木牌的，才会看得上眼。我是个空老官！"

老水手装作相信不过神气："空老官，我又不是跟你开借，装穷做什么？荷包空，心子实在，就成了。她们还要送你花荷包，装满了香瓜子，都是夜里在床上嗑好了的。瓜子中下了闹药，吃了还怕你不迷心？我敢同你打个赌，输什么都行……"老水手拍了个巴掌，一面轻声咬住三黑子耳朵说，"你不吃小婊子洗脚水，那才是怪事！"

三黑子笑着分辩说："满满，你真是老不正经，总说这些事。你年青时一定吃过，才知道有这种事情。这是二十年前老规矩，现在下面可不同了。现在是……"

两个人说的自然都是笑话。神情亲密处，俨然见外了身旁那个保民官。队长有点不舒服，因此拿出作官的身份来，引起新上坳的水手对他应有的尊敬。队长把马鞭子敲着地面，挑拨脚前树叶子，眼光凝定在三黑子脸上："划船的，我问你，今天上来多少船？你们一帮船昨天湾泊什么地方？"

直到此时那哥哥方注意及队长，赶忙照水上人见大官礼数，恭敬诚实回答这个询问。夭夭有点不惬意，就说：

"三哥，三哥，到满满祠堂里去吧，有饭碗大的橘子，拳头大的栗子，等你帮忙！"

队长从神气之间，即已看出水手是夭夭的亲戚，且看出夭夭因为哥哥来到了身边，已不再把官长放在眼里心上，不仅先前一时所说所唱见得毫无意义，即自己一表人材加上身份和金表，也完全失去了意义。感觉到这种轻视或忽视，有一星一米还是上次买橘子留下的强梁霸道印象所起反感，因此不免有点恼羞成怒。还正想等待两人出来，在划船的身上，找点小岔子，显显威风，做点颜色给夭夭看。事不凑巧，河边恰好走来七八个一身晒得乌黑精强力壮的青年水手，都上了坳，来到祠堂前歇憩，有几个且向祠堂走去，神气之间都如和老水手是一家人。队长知道这一伙儿全是守祠堂的熟人，便变更了计划，牵马骑上，打了那菊花青骒马两鞭子，身子一颠一颠的跑下坳去了。

老水手在祠堂中正和三黑子说笑，见来了许多小伙子，赶忙去张罗凉水，提了大桶凉水到枫木树下，一面向大家问长问短。船夫都坐在枫木下石条凳上和祠堂前青石阶砌上打火镰吸烟，谈下河新闻。这些人长年光身在河水里，十冬腊月也不以为异，却对于城里女学生穿衣服无袖子，长袍子里边好像不穿裤子，认为奇迹，当成笑话来讨论，谈笑中自不免得到一点错综快乐。到夭夭兄妹从祠堂里走出来时，转移话题，谈起常德府的"新生活"。一个扁脸水手说：

"上回我从辰州下桃源，弄滕五先生的船，船上有个美国福音堂洋人对我说：日本人要拿你们地方，把地下煤炭铁矿朱砂水银一起挖去。南京负责的大官不肯答应。两面派人办交涉，交涉办不好，日本会派兵来，你们中国明年一定要和他们打仗。打起仗来大家当兵去，中国有万千兵打日本鬼子，只要你们能齐心，日本鬼子会吃败仗的。他们人少，你们人多，打下去上算，吃点苦，到后来扳本！洋人说的是道理，要打鬼子大家去！"

"鬼子要煤炭有什么用？我们辰溪县出煤，用船运到辰州府，三毛钱一百斤还卖不掉。烧起来油烟子呛心闷人，怪不好

受。煮饭也不香。火苗绿阴阴的，像个鬼火。煤炭有什么用？我
不信！"

"他们机器要烧煤才会动！"

一个憨憨的小水手插嘴说："打起仗来，我们都去当兵，那
来多少枪？"

原来那个扁脸水手，漂过洞庭湖，到过武汉，就说："汉阳
兵工厂有十多里路宽，有上千个大机器，造枪造炮，还会造机关
枪！高射炮！"

另外一个又说，"怎么没有枪？辰溪县那个新办兵工厂，
就会造机关枪，叭打叭打一发就是两百响子弹。我明天当兵去打
仗，一定要抬机关枪。对准鬼子光头，打个落花流水！"

"大家都当兵，当保安队？当了保安队，派谁出饷出
伙食？"

"那自然有办法，军需官会想办法！"

"有什么办法？还不是就地……忙坏了商会会长！"

"那里，中央政府总会有办法的！有学问有良心的官长，
就不会苛刻乡下人。官长好，弟兄自然就也好，不敢胡来乱
为的。"

"我们驻洪江就好，要什么有什么。下河街花姑娘是扬州来
的，脸白白的，喉咙窄窄的，唱起好戏来，把你三魂七魄都唱上

天！吹打弹唱，样样在行，另外还会说京话，骂人'炖蛋'，可不敢得罪同志。"

大家说着笑着，都觉得若做了保安队，生活一定比当前好得多。一切天真的愿望，都反映另外一种现实，即一个乡下人对于"保安队"的印象，如何不可解。总似乎又威风，又有点讨人嫌，可是职务若派到自己头上时，也一定可以做许多非法事情，使平常百姓奈何不得，实在不是坏差事！

"我们这里保安队队长——刚骑马走去那一位，前几天还正怙势霸蛮要长顺大爷卖一船橘子，说要带下省城去送礼，什么主席军长都有交情，一人送几挑。不肯卖，就派弟兄下萝卜溪把他家橘子园里的橘子树全给砍了，破坏了吕家坪风水。幸亏会长打圆全解围，说好做歹，要夭夭家爹爹送十挑橘子了事。你们明天都做了保安队，可是都想倚势压人？云南省出金子，别向人说，要个大金饭碗，装个金蛤蟆，送枫木坳看祠堂的大叔，因为和大叔有交情！纵有只金蛤蟆我也无用处，倒是顺便托人带个乌铜嵌银烟嘴子，一个细篾斗笠，三月间我好戴了斗笠下河边钓杨条鱼，一面吸烟一面看鱼上钩！"

一个水手拍拍胸脯说："好，这算我的事。我当真做了保安队长，一定派个人上云南去办来。"

"可是要记好，不许倚势压人，欺老百姓。要现钱买现货，公平交易，不派官价我才要！"

　　大家都觉得好笑，一齐笑将起来。至于当地要人强买橘子，滕长顺如何吃闷菜，话说不出，请商会会长说好话，送了十挑橘子方能了事，正和另外一回因逃兵拐枪潜逃，逼地方缴赔枪款，事情相差不多，由本地人说来，实并不出奇，不过近于俗话说的"一堆田螺中间多加几个田螺"罢了，所以大家反而轻轻的就放过去了。就中只三黑子听到这件新闻，因为关乎他的家中的利益和面子，有点气愤不过，想明白经过情形。

　　三黑子向夭夭说："夭夭，这里没有什么事，我们过河回家去吧。等等船来了，我还得赶到镇上去办交代。我船上装的是大吉昌货物，海带鱿鱼一大堆，我要去和他们号上管事算账。"

　　夭夭说："好，我们就走。满满，我们要回去了。"

　　老水手为把那装满栗子的细篾背笼，和枫木叶编成的篮子鸟笼，一齐交给了夭夭。夭夭接过手来时，笑着说："满满，哎哟，我今天真发了洋财！"三黑子见背笼分量相当重，便交手拎起来试了一试，"我看看有多重"，把背笼一提，不顾夭夭，先自走了。夭夭跟在哥哥身后赶去，一面走一面向三黑子辩理："不成的，不成的，青天白日，清平世界，可不能打抢人的。"话中本意倒是"三哥，三哥，你太累了，不用你拿，我自己背回去好！"可是三黑子已大踏步走下了枫木坳，剩个背影在枫木树后消失了。夭夭只好拿着那个枫木叶子编成的玩意儿，跟着走去。老水手在后面连声叫唤：

"夭夭，夭夭，过两天带你花子狗来，我们到三里牌河洲上捉鹌鹑去！"

夭夭停到一个大石头边回答说："好的，好的，满满。过三天我们一定去！今天你过河到我家里吃夜饭去吧。我忘记告你，三黑子今天生日，一定要杀鸡！杀那只七斤半重的肥母鸡。你等等就来！我留鸡肫肝给你下酒！"

老水手说："道谢你，夭夭。我等一会儿还要到镇上去，看三黑子的船，吃他从常德府带来的冰糖红枣！杀了鸡，留个翅膀明天我来吃，吃不了你还是帮我个忙吃掉就是！"

夭夭说："满满，你还是来吃饭好！先到镇上看船，和三黑子一起回来。夜里我撑船送你过河。你千万要来！"

社　戏[1]

　　萝卜溪邀约的浦市戏班子，赶到了吕家坪，是九月二十二。一行十四个人，八个笨大衣箱，坐了只辰溪县装石灰的空船，到地时，便把船靠泊在码头边。唱大花面[2]的掌班，依照老规矩，携带了个八寸大的朱红拜帖，来拜会本村首事滕长顺，接洽一切。商量看是在什么地方搭台，那一天起始开锣，等待吩咐就好动手。

　　半月来省里向上调兵开拔的事情，已传遍了吕家坪。不过商会会长却拿定了主意：照原来计划装了五船货物向下游放去。长顺因为儿子三黑子的船已到地卸货，听会长亲家出主意，也预备装一船橘子下常德府。且因浦市方面办货的人未到，本地空船多，听说下河橘子起价钱，还打量另雇一只三舱船，同时装橘子下行。为摘橘子下树，几天来真忙得一家人手脚不停。住对河祠

---

[1] 本篇收入1945年文聚版《长河》单行本前，曾以《秋收和社戏》为篇名，发表于1942年5月1日《自由中国》论丛第2卷第1、2期合刊。署名从文。收入单行本时用此篇名。

[2] 大花面：即花脸，戏曲行当之一。

堂里的老水手，每天都必过河来帮忙，参加工作，一面说一面笑，增加了每个人不少兴趣。摘下树的橘子，都大堆大堆搁在河坝边，用晒谷簟盖上，等待下船落舱。两只空船停泊在河边，篷已推开，船头搭一个跳板，随时有人把黄澄澄的橘子挑上船，倒进舱里去。戏班子乘坐那只大空船，就停靠在橘子园边不多远。

两个唱丑角的浦市人，扳着船篷和三黑子说笑话，以为古来仙人坐在斗大橘子中下棋，如今仙人坐在碗口大橘子堆上吸烟，世界既变了，什么都得变。可是三黑子却想起保安队队长向家中讹诈事情，因此一面听下去，一面只向那个做丑角的戏子苦笑。

三黑子说："人人都说橘子树是摇钱树，不出本钱，从地上长起来，十冬腊月上树摇，就可摇出钱来。那知道摇下来的东西，衣兜兜不住，倒入了别人的皮包里去了。人无横财不富，马无夜草不肥，这些人发了横财，有什么用，买三炮台烟吸，好了英美烟公司！"

一个丑角说："哥，你还不知道我们浦市，地方出胖猪肥人，几年来油水都刮光了，刮到什么地方去？天晓得。信口打哇哇，说句话吧，好，光天化日之下，治你个诬告父母官的罪，先把你这刁顽在脚踝骨上打一百个洛阳棒再说。再不然，枪毙你个反动分子！都说天有眼睛，什么眼睛，张三李四脚上长的鸡眼睛。"

"葫芦黄瓜一样长，有什么好说。"

"沙脑壳，沙脑壳，我总有天要用斧头砍一两个！"

另外一个丑角插嘴说："斫你个癞鼋头！"

长顺因演戏事约集本村人在伏波宫开会，商量看这戏演不演出。时局既不大好，集众唱戏是不是影响治安？这事既是大家有分，所以要大家商量决定。末了依照多数主张，班子既然接来了，酬神戏还是在伏波宫前空坪中举行。凡事依照往年成例，出公份子演戏六天，定二十五开锣。

戏既决定演出，所以那船上八个大衣箱和一些行头家私，当天就由十多个年青乡下人告奋勇，吆吆喝喝扛上了岸，搁到伏波宫去。起衣箱时还照规矩烧了些香纸，放一封五百响小鞭炮。衣箱上岸后，当天即传遍了萝卜溪，知道两三天后就有戏看了。发起演戏的本村首事人，推出了几个负责人来分头办事，或指挥搭台，或采办杂项物事。并由本村出名，具全红帖子请了吕家坪的商会会长，和其他庄口上的有名人物，并保安队队长、排长、师爷、税局主任、督察等等，到时前来看戏。还每天特别备办两桌四盘四碗酒席，款待这些人物。又另外请队长派一班保安队士兵，来维持场上秩序，每天折缴二十块茶钱。事实上弟兄们可不在乎这个钱，小地痞在场上摆了十张桌子，按规矩每张桌子缴纳五元，每天有额外收入五十元。赌桌上既抽了税，因此不再有叫朋友和部队中伙夫押白注，在桌边胡闹欺侮乡下人。即发生小小纠纷，也可立刻解决。

到开锣那天，本村子里和附近村子里的人，都换了浆洗过的新衣服，荷包中板带中装满零用钱，赶到萝卜溪伏波宫看人戏，一面看戏一面就掏钱买各种零食吃。因为一有戏，照习惯吕家坪镇上卖大面的，卖豆糕米粉的，油炸饼和其他干湿甜酸熟食冷食的，焖狗肉和牛杂碎的，无不挑了锅罐家私来在庙前庙后搭棚子，竞争招揽买卖。妇女们且多戴上满头新洗过的首饰，或镀金首饰，发蓝点翠首饰，扛一条高脚长板凳，成群结伴远远的跑来看戏，必到把入晚最后一幕杂戏看完，把荷包中零用钱花完，方又扛起那条凳子回家。有的来时还带了饭箩和针线，有的又带了香烛纸张顺便敬神还愿。小孩子和老妇人，尤其把这几天当成一个大节日，穿上新衣赶来赴会。平时单纯沉静的萝卜溪，于是忽然显得空前活泼热闹起来。

长顺一家正忙着把橘子下树上船，为的是款待远来看戏亲友，准备茶饭，因此更见得热闹而忙乱。家中每天必为镇上和其他村子里来的客人，办一顿过午面饭。又另外烧了几缸热茶，供给普通乡下人。唱戏事既是一乡中公众庄严集会，包含了虔诚与快乐，因此长顺自己且换了件大船主穿的大袖短摆蓝宁绸长衫，罩一件玄青羽绫马褂，舞着那个挂有镶银老虎爪的紫竹马鞭长烟杆，到处走动拜客。见远来客人必邀约过家中便饭或喝茶。家中在戏台前选定地方，另外摆上几张高台凳，一家大小每天都轮流去看戏，也和别的人一样，从绣花荷包中掏零用钱买东西吃。

第一天开锣时，由长顺和其他三个上年纪的首事人，在伏波爷爷神像前磕头焚香，杀了一只白羊，一只雄鸡，烧了个申神黄表，把黄表焚化后，由戏子扮的王灵官，把那只活生公鸡头一口咬下，把带血鸡毛粘在台前台后，台上方放炮仗打闹台锣鼓。戏未开场空坪中即已填满了观众，吕家坪的官商要人，都已就坐，座位前条桌上还放了盖碗茶，和嘉湖细点黑白瓜子。会长且自己带了整听的炮台烟，当众来把盖子旋开，敬奉同座贵客。开锣后即照例"打加官"，由一个套白面具判官，舞着个肮脏的红缎披巾，台上打小锣的检场人叫一声，"某大老爷禄位高升！"那判官即将披巾展开，露出字面。被尊敬颂祝的，即照例赏个红包封，有的把包封派人送去，有的表示豪爽，便把那个赏金用力直向台上掼去，惹得在场群众喝彩。且随即就由戏班中掌班用红纸写明官衔姓名钱数，贴到戏台边，用意在对于这种当地要人示敬和致谢，一面向班中表示大公无私。当天第一个叫保安队队长。第一出戏象征吉祥性质，对神示敬，对人颂祷。第二出戏与劝忠敬孝有关。到中午休息，匀出时间大吃大喝。休息时间一些戏子头上都罩着发网子，脸上颜料油腻也未去净，争到台边熟食棚子去喝酒，引起观众另外一种兴趣，包围了棚子看热闹。顽皮孩子且乘隙爬上戏台，争夺马鞭子玩，或到台后去看下装的旦角，说两句无伤大雅的笑话。多数观众都在消化食物，或就田坎边排泄已消化过的东西。妇女们把扣双凤桃梅大花鞋的两脚，搁在高台凳踏板上，口中嘘嘘的吃辣子羊肉面，或一面剥葵花子，一面并谈论做梦绩麻琐碎事情。下午开锣重唱，戏文转趋热闹活泼。

掌班的耳根还留下一片油渍和粉彩，穿着唱天官时的青鹅绒朝靴，换了件不长不短的干净衣服，带了个油腻腻的戏折子①，走到坐正席几位要人身边，谦虚而愉快的来请求赏脸，在排定戏目外额外点戏。点戏的花个一百八十，就可出点小风头，引起观众注意。

大家都客气谦让，不肯开口。经过一阵撺掇，队长和税局主任是远客，少不了各点一出，会长也被迫点一出；队长点《武松打虎》，因为武人点英雄，短而热闹，且合身分；会长却点《王大娘补缸》，戏是趣剧，用意在与民同乐。戏文经点定后，照例也在台柱边水牌上写明白，给看戏人知道。开锣后正角上场，又是包封赏号，这个包封，却照例早由萝卜溪办会的预备好，不用贵客另外破钞。客人一面看戏也一面看人，看戏台两旁的眉毛长眼睛光的年青女人。

最末一出杂戏多是短打，三个穿红裤子的小花脸，在台上不

---

① 戏折子：开列戏曲目录的折子。

住翻跟斗，说浑话。

收锣时已天近黄昏，天上一片霞，照得人特别好看。自作风流的船家子，保安队兵士，都装作有意无心，各在渡船口岔路边逗留不前，等待看看那些穿花围裙扛板凳回家的年青妇女。一切人影子都在地平线上被斜阳拉得长长的，脸庞被夕照炙得红红的。到处是笑语嘈杂，为前一时戏文中的打趣处引起调谑和争论。过吕家坪去的渡头，尤其热闹，人多齐集在那里候船过渡，虽临时加了两只船，还不够用。方头平底大渡船，装满了从戏场回家的人，慢慢在平静河水中移动，两岸小山都成一片紫色，天上云影也逐渐在由黄而变红，由红而变紫，太空无云处但见一片深青，秋天来特有的澄清。在淡青色天末，一颗长庚星白金似的放着煜煜光亮，慢慢的向上升起。远山野烧，因逼近薄暮，背景既转成深蓝色，已由一片白烟变成点点红火……一切光景无不神奇而动人。可是，人人都融和在这种光景中，带点快乐和疲倦的心情，等待还家。无一个人能远离这个社会的快乐和疲倦，声音与颜色，来领会赞赏这耳目官觉所感受的新奇。

这一天，夭夭自然也到场参加了这种人神和悦的热闹，戴了全副银首饰，坐在高台凳上，看到许多人，也让许多人看到她。可是上午太沉闷，看不完两本，就走回橘子园工作去了。下午本想代替嫂嫂看厨房，预备待客菜饭，可不成功，依然随同家中人过伏波宫去，去到那个高台凳上坐定。台上演王三姐抛打绣球时，老觉得被官座上那个军官眼光盯着。那军官意思正像是在向她说："自古美人识英雄，你是中华民国王三姐！"感受这种眼光的压迫，觉得心中很不自在。又知道家里三哥在赶装橘子下船，一个人独在河边忙做事，想看看哥哥，因此趁空就回了家。回家后在厨房中张罗了一下，于是就到橘园尽头河坎边去看船，只见三黑子正坐在河边大橘子堆上歇憩，面对河水，像是想什么心事。

"哥哥，哥哥，你怎么不看戏，大家都在看戏，你何必忙？"

"戏有什么可看的，还不是红花脸杀进，黑花脸杀出，横蛮强霸的就占上风！"

三黑子正对汤汤流水，想起家里被那个有势力的人欺压讹诈故事，有点火气上心。夭夭像是看透了他的心事，因此说：

"横蛮强霸的占上风，天有眼睛，不会长久的！戏上总是一报还一报，躲闪不得！"

"一报还一报，躲闪不得！戏上这样说，真事情可不是这样。"

三黑子看看夭夭，不再说话，走到装浦市人戏班子来那条广舶子边上去。有个小妇人正在船后梢烧夜火煮饭，三黑子像哄夭夭似的，把不看戏的理由转到工作上来，微笑说："夭夭，我要赶快把橘子装满舱，好赶下常德府，常德府有的是好戏，不在会馆唱，有戏园子，日夜都开锣，夜间唱到三更天才收场。那地方不关城门，半夜里散了戏，我们打个火把出城上船，兵士见到时问也不问一声！"

天天说："常德府兵士难道不是保安队？"

三黑子说："怎么不是？大地方规矩得多，什么都有个'理'字，不像到我们乡下来的人，欺善怕恶，……什么事都做得出。还总说湘西人全是土匪，欺压我们乡下人。下面兵士同学生一样，斯文老实得多，从不敢欺侮老百姓！……"

天天一瞥看到橘子园树丛边有个人影子晃荡，以为是保安队上的人，因此制止住了哥哥："你们莫乱说，新生活快来了，凡事都会慢慢的变，慢慢的转好的！"三黑子也听到树边响声，却看见是老水手，因此快乐的呼唤起来："满满，是你？我还以为是一个——"

老水手正向兄妹处走来，一面走一面笑："三黑子，你一定以为又是副爷来捉鸡，是不是？"且向天天说，"天天，天天，你不去看王三姐抛打绣球招亲，倒来河边守橘子，姑娘家那么小气，咦，金子宝贝谁要你这橘子！"

天天知道老水手说的是笑话，因此也用笑话作答："满满，你怎么也来了？我看你叉手坐在台下边那张凳子上，真像个赵玄坛财神样子，今天打加官时他们不叫你，我猜你一定生了气。你不生气我替你生气，难道叔叔这点面子都没有！"

老水手说："生什么气？这也生气，我早成个气包子，两脚一伸回老家了。你问我怎么也来这里，如果我问你，你一定会说，'我来陪你'，好个乖巧三姑娘。说真话我倒想不起你会在这里。我是来陪三哥的，他不久又要下常德府去，板凳还坐不热，就要赶路。三哥呀，三哥，你真是——"说时把大拇指翘起，"萝卜溪这一位。"

三黑子受了老水手恭维，觉得有点忸怩，不便说什么，只是干笑。

远远的听见伏波宫前锣鼓响声，三黑子说："菩萨保佑今年过一个太平年，不要出事情就好，夭夭，你看爹爹这场戏，忙得饭也不能吃，不知他许下有什么愿心！"

老水手莞尔而笑，把短旱烟斗剥啄着地面："你爹当然盼望出门的平安，一路吉星高照，在家的平安，不要眼痛牙痛。上树上山入水入土的平安，鸡呀狗呀牛呀羊呀不发瘟，田里的鱼不干死，园里的橘子树不冻死！"

夭夭说："我就从不指望这些事情。可是我也许愿看戏。"

三黑子就说："你欢喜看戏。"

夭夭故意争辩着："我并不想看戏！"

老水手装作默想了一会儿，于是忽然若有所悟似的："我猜得着，这是什么事。"

天夭头偏着问："你试猜猜看，猜着什么事？"

老水手说："我猜你为六喜哥许了愿。他今年暑假不回来了，要发愤勤学，将来做洋博士，补萝卜溪的风水。你许的愿是……"

天夭因为老水手说到这件事，照例像装作没有听到，却向河边船上走去。到船边时上了跳板，看见下面溪口还停了几只小船，有的是装橘子准备下行，有的又是三里牌滩头人家为看戏放来的，另外还有本村特意为对河枫木坳附近村子里人预备的一只小渡船，守船的正是上次送天夭过河那个年青汉子。人住在对河三里牌滩下村子里的，因为路较远，来不及看完杂戏①，就已离开了戏场，向溪头走趁船过渡；另外有坐自己船来的，恐怕天气晚不好漂滩，这时节也装满了人，装满了船上人的笑语，把船只缓缓向下游划去。这一切从天夭所站立的河坎边看来，与吕家坪渡口所见相比，自然又另外是一番动人景象。

红紫色的远山野烧，被风吹动，燃得越加热烈起来。

老水手跟随天夭身后到了河坎边，也上了那只橘子船："天夭，天夭，你看山上那个火，烧上十天了，还不止息，好像永远不会熄。"

天夭依随老水手烟杆所指望去，笑着说："满满，你的烟管

① 杂戏：戏剧、歌舞、杂技等表演技艺的总称。

上的小火，不是烧了几十年还不息吗？日头烧红了那半个天，还不知烧过了千千万万年，好看的都应当长远存在。"

老水手俨然追问似的说："怎么，好看的应当长远存在，这事是归谁派定的？"

夭夭说："我派定的。——只可惜我这一双手，编个小篮子也不及你在行，还是让你来编排吧。天下归你管，一定公平得多！"

老水手有所感触，叹了一口气："却又来！夭夭，依我想，好看的总不会长久。好碗容易打破，好花容易冻死，——好人不会长寿，恶汉活千年，天下事难说！那一天当真由你来作主，那就好了，可是，夭夭你等着吧。总有一天有些事会要你来作主的。天下事难说的，我年青时那料到会守祠堂养老！我只打算在算军道绿营里当个管带，扛一杆单响猪槽枪，穿件双盘云大袖号褂，头上包缠一丈二尺青绉绸首巾，腰肩横斜围上一长串铅头子弹，去天津大沽口和直脚干绿眼睛洋人打仗立功名。像唱戏时那黑胡子说的名在青史，留芳百世。可是人有十算天有一算，革命一来，我的愿心全打破了。绿营管带当不成，水师营管带更加无分，只好在麻阳河里划只水上漂。漂来又漂去，船在青浪滩一翻身，三百个桐油篓子在急水里浮沉，这一下，就只好来看祠堂了。明天呢？凡事只有天知道，人不会知道的。你家三哥这时节只想装一船橘子下常德府，说不定将来会做省主席。你看他那个官样子！"老水手指着坐在橘子堆上看水面景致的三黑子说，"要是归我作主，我就会派他当主席。"两人为这句话都笑将起来。

三黑子不知船上两人说什么，笑什么，也走到河坎边来。"满满，不要回去，就住到我家里，我带得有金堂叶子烟，又黄又软和，吸来香喷喷的，比大炮台烟还好，你试试看！"

老水手挥舞着那个短烟杆："夭夭，你说说看，我还不曾派他当主席，他倒赏给我金堂烟叶来了。好福气！"

三黑子正想起队上小官仗势凌人处，不明白老水手说的是什么意思，也跟着笑。"我当了主席，一定要枪毙好多好多人！做官的不好，也得枪毙。"

夭夭笑着："三哥，得了，轮到你做村子里龙船会主席，还要三十年！"

老水手也笑着，眼看河上的水鸭子成排掠水向三里牌洲上飞，于是一面走一面说："回家吃饭去，水鸭子都回窠了。明天不看戏，我们到三里牌洲上捡野鸭蛋去，带上贵州云南省，告那些有钱的人说是仙鹅蛋，吃了补虚生血，长命百岁，他们还信以为真！世界上找了钱不会用钱的人很多，看相算命卖药卖字画骗个千八百不是罪过，只要脸皮厚就成！"

夭夭向三黑子说："三哥，你做了主席，可记着，河务局长要派归满满！"